Bianca

UNA ISLA PARA SOÑAR

JANE PORTER

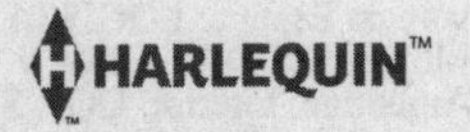

Editado por Harlequin Ibérica.
Una división de HarperCollins Ibérica, S.A.
Núñez de Balboa, 56
28001 Madrid

Una isla para soñar, n.º 2571 - 20.9.17
Título original: Bought to Carry His Heir
Publicada originalmente por Mills & Boon®, Ltd., Londres.

I.S.B.N.: 978-84-687-9966-7
Depósito legal: M-17529-2017
Impresión en CPI (Barcelona)
Fecha impresion para Argentina: 19.3.18
Distribuidor exclusivo para España: LOGISTA
Distribuidores para México: CODIPLYRSA y Despacho Flores
Distribuidores para Argentina: Interior, DGP, S.A. Alvarado 2118.
Cap. Fed./Buenos Aires y Gran Buenos Aires, VACCARO HNOS.

Capítulo 1

HACÍA una tarde fría y ventosa de febrero en Atlanta, pero el ambiente que había en el interior del despacho de abogados Laurent & Abraham era aún más frío.

El prominente abogado James Laurent tomó las gafas que se hallaban sobre la superficie de su impresionante escritorio y suspiró con impaciencia antes de hablar

–Usted firmó los contratos, señorita Nielsen, unos contratos totalmente vinculantes en cualquier país del mundo y...

–No tengo ningún problema con el contrato –interrumpió Georgia, más molesta que intimidada por la dura mirada del abogado, pues estaba completamente decidida a ser la madre de aquel bebé para luego entregarlo. Aquel era su trabajo como madre de alquiler y ella siempre se tomaba su trabajo muy en serio–. El bebé es del señor Panos, pero no hay ninguna cláusula en el contrato que estipule dónde tengo que dar a luz, y en ningún momento se me ha comunicado que se esperaba que lo hiciera en el extranjero. De haber sido así no me habría prestado a hacer de madre de alquiler para el señor Panos.

–Grecia no es un país del tercer mundo, señorita Nielsen. Puede estar segura de que recibirá una excelente atención médica en Atenas antes, durante y después del parto.

Georgia dedicó un larga mirada al abogado mientras se esforzaba por mantener su genio bajo control.

–Estudio Medicina en Emory. No me preocupa ese aspecto del embarazo. Pero sí me incomoda su condescendencia. Si se cometió algún error al redactar el contrato fue de su cliente...o suyo. No se menciona en ningún lugar que tuviera que meterme en un avión y volar seis mil kilómetros para dar a luz.

–Es un problema de ciudadanía, señorita Nielsen. El bebé debe nacer en Grecia.

Si Georgia hubiera estado de mejor humor, tal vez incluso habría sonreído, pero no estaba de buen humor. Estaba furiosa y frustrada. Se había cuidado minuciosamente desde el primer momento. Su responsabilidad como madre de alquiler era dar a luz un bebé saludable, y ella estaba cumpliendo con su parte. Se alimentaba bien, dormía todo lo posible, hacía ejercicio y procuraba mantener el estrés a raya, algo que no era especialmente fácil estando en la Facultad de Medicina. ¡Pero entre sus planes no figuraba marcharse a Grecia!

–Los arreglos para el viaje están siendo finalizados mientras hablamos –añadió el abogado–. El señor Panos va a enviarle su propio jet que, como imaginará, es realmente lujoso y cómodo. Antes de que se dé cuenta estará allí...

–Ni siquiera he llegado al tercer trimestre de embarazo. Me parece increíblemente prematuro estar haciendo planes de viaje.

–El señor Panos no quiere que ni el bebé ni usted se vean sometidos a un estrés innecesario. Y los especialistas recomiendan no realizar viajes internacionales en el tercer trimestre de embarazo.

–En caso de embarazos de alto riesgo, pero este no lo es.

–Pero si ha sido una fecundación in vitro.

–No ha habido ninguna complicación.

–Y mi cliente quiere que las cosas sigan así.

Georgia tuvo que morderse la lengua para no decir algo de lo que podría haberse arrepentido. Sabía que ella no era más que un recipiente, un útero de alquiler, y que su trabajo no habría terminado hasta que el bebé estuviera a salvo en los brazos de su padre.

Pero eso no significaba que quisiera irse de Atlanta y abandonar el mundo que conocía. Recorrer medio mundo supondría una gran tensión, especialmente acercándose el final del embarazo. Era muy consciente de que se trataba de un trabajo, de una manera de poder seguir ocupándose de su hermana, pero tampoco era ninguna ingenua. Resultaba muy difícil no experimentar sentimientos por la vida que palpitaba en su interior, y era consciente de que aquellos sentimientos se estaban volviendo más y más fuerte con el paso del tiempo. Las hormonas ya estaban haciendo su trabajo, y solo podía imaginar lo que sentiría cuando se acercara el momento del parto.

Pero también sabía que la maternidad no era su futuro. La medicina era su futuro, su meta y su camino en la vida.

El señor Laurent cruzó los dedos de sus manos sobre el escritorio mientras el silencio se prolongaba.

–¿Qué hace falta para que esté dispuesta a tomar ese avión el viernes?

–Tengo que ir a la universidad. Tengo que seguir con mis estudios.

–Acaba de terminar los estudios preclínicos. Ahora está preparando el examen de licenciatura, y en Grecia podrá estudiar tan bien como en Atlanta.

–No pienso dejar sola a mi hermana tres meses y medio.

–Su hermana tiene veintiún años y vive en Carolina del Norte.

–Está haciendo sus estudios superiores en la Universidad Duke, pero depende económica y emocionalmente de mí. Soy su única pariente viva –Georgia alzó la barbilla en un gesto retador mientras sostenía la mirada del imponente abogado–. Soy todo lo que le queda.

–¿Y el bebé que lleva dentro?

–No es mío. Si el señor Panos quiere estar presente en el nacimiento de su hijo tendrá que venir a Atlanta. De lo contrario, una enfermera se ocupará de llevárselo, como estaba acordado.

–El señor Panos no puede volar.

El desconcierto de Georgia al escuchar aquello apenas duró una fracción se segundo.

–Eso no es problema mío. El bebé dejará de ser mi responsabilidad en cuanto dé a luz. Me han pagado para no apegarme a él, y pienso cumplir mi parte del trato.

El abogado cerró un momento los ojos y alzó una mano para empujar las gafas con el dedo índice por el caballete de su poderosa nariz.

–¿Cuánto dinero va a hacer falta para que tome ese avión el viernes? Y antes de que me diga que no estoy escuchando, permítame que le aclare que hace tiempo que sé que todo el mundo tiene un precio. Incluida usted. Por eso aceptó convertirse en una madre de alquiler. La compensación le pareció satisfactoria, de manera que no nos andemos con rodeos y haga el favor de decirme cuánto quiere por subirse a ese avión.

Georgia trató de ocultar su ansiedad y frustración tras una máscara de serenidad. El dinero estaba bien, pero no quería más dinero. Solo quería que aquello acabara. Había sido un error comprometerse a hacerlo.

Había creído que sería capaz de mantener sus emociones bajo control, pero últimamente sentía que se le estaban yendo de las manos. Sin embargo, ya era demasiado tarde para echarse atrás. Sabía que el contrato que había firmado era vinculante. El bebé no era suyo, sino de Nikos Panos, y no debía olvidar aquello ni por un momento.

Lo que significaba que seguir adelante era su única opción. Y en cuanto diera a luz y entregara al bebé borraría para siempre aquel año de sus recuerdos. Aquella sería la única manera de sobrevivir a una experiencia tan retadora. Afortunadamente ya tenía experiencia en lo referente a sobrevivir a experiencias duras en la vida. El dolor y la pena profunda eran buenos maestros.

–Diga la cantidad que quiere.

–No se trata del dinero...

–No, pero con el dinero podrá pagar sus facturas y ocuparse de su hermana. Tengo entendido que ella también quiere estudiar Medicina. Aproveche la oferta de manera que no tenga que volver a hacer nunca nada parecido.

Aquella última frase alcanzó la diana. El señor Laurent tenía razón. Georgia sabía que nunca podría volver a hacer nada parecido. Aquello le estaba rompiendo el corazón. Pero había sobrevivido a cosas peores. Y tampoco iba a abandonar al bebé en manos de un monstruo. Nikos Panos quería aquel bebé desesperadamente.

Inspiró rápidamente y mencionó una cantidad de dinero escandalosa, una suma que bastaría para pagar los estudios de medicina de Savannah, su manutención y algo más.

Esperaba haber escandalizado al viejo abogado, pero este ni siquiera parpadeó. Se limitó a empujar hacia ella un papel impreso que tenía sobre la mesa.

–El anexo al contrato. Firme abajo y ponga la fecha, por favor.

Georgia tragó con esfuerzo, conmocionada por la prontitud con que el abogado había aceptado la cantidad que había pedido. Probablemente esperaba que pidiera más. Seguro que también habría aceptado si le hubiera pedido millones. Estúpido orgullo. ¿Por qué no podía comportarse nunca como una auténtica materialista?

–Firmando el anexo está aceptando irse el viernes –explicó el señor Laurent–. Pasará el último trimestre de su embarazo en Grecia, en la villa que tiene el señor Nikos Panos en Kamari, que se encuentra a poca distancia de Atenas. Después de dar a luz, cuando se encuentre en condiciones, mi cliente la enviará de vuelta a Atlanta en su jet privado o en un vuelo en primera clase en la línea aérea que usted elija. ¿Alguna pregunta?

–¿Estará el dinero en mi cuenta mañana?

–A primera hora –asintió el abogado a la vez que le alcanzaba una pluma.

Georgia firmó y le devolvió la pluma.

–Me alegra que hayamos llegado a un acuerdo –dijo el señor Laurent con una sonrisa.

Georgia asintió, abatida, pero incapaz de ver otra salida a su situación.

–Como usted mismo ha dicho, todo el mundo tiene un precio, señor Laurent.

–Que disfrute del tiempo que pase en Grecia, señorita Nielsen.

Capítulo 2

FUE UN largo viaje desde Atlanta. Duró casi trece horas, lo que significó que Georgia tuvo tiempo de sobra para dormir, estudiar, e incluso ver un par de películas.

Había mantenido su mente ocupada casi todo el tiempo para no recordar la despedida de su hermana Savannah, que había conducido desde Duke para acompañarla al aeropuerto.

O, más bien, para rogarle que no se fuera.

Savannah se había sentido superada por las circunstancia, alternando entre las lágrimas y el enfado mientras interrogaba a Georgia sobre aquel millonario griego.

–¿Qué sabes de él? ¿Y qué más da que sea super rico? Podría ser peligroso, podría estar loco... ¿y quién podrá ayudarte cuando estés a solas con él en su isla, en medio de la nada?

Savannah nunca había sido muy práctica, pero Georgia debía reconocer que en aquella ocasión tenía razón.

Había investigado a Nikos Panos a través de Internet, pero, al margen de averiguar que era un multimillonario griego que había sabido sacar adelante con inmenso éxito la empresa de su familia cuando apenas contaba con veinticinco años, no tenía la más mínima referencia sobre él. No sabía nada sobre su carácter, sobre sus costumbres...

Apoyó una mano sobre su vientre, que había crecido

rápidamente en las últimas semanas. Tenía la piel especialmente sensible y cálida y, aunque no quería pensar en el embarazo, no podía evitar ser muy consciente de la vida que palpitaba en su interior.

El bebé era un niño. En su familia no había niños. Solo niñas. Tres hermanas. Ni siquiera podía imaginar lo que sería criar a un chico...

Pero no podía pensar en aquello. Nunca se lo permitía. No podía permitírselo.

Cuando, finalmente, el avión comenzó a descender hacia lo que parecía un interminable más azul, el bebé se movió en su interior como si hubiera reconocido que estaba llegando a casa. Georgia contuvo el aliento mientras se esforzaba por controlar el pánico.

Podía hacer aquello. Lo haría.

El bebé no era suyo.

No se sentía apegada a él.

Le habían pagado para no apegarse.

Pero aquellas severas autoadmoniciones apenas sirvieron para aliviar la oleada de pena y arrepentimiento que envolvió su corazón.

–Solo faltan tres meses y medio –susurró.

En tres meses y medio se liberaría de aquel horrible acto que había aceptado llevar adelante.

«Tres meses y medio», se dijo Nikos Panos mientras aguardaba al final de la pista de aterrizaje, con la mirada puesta en su jet blanco, cuya puerta acababa de abrirse. La mujer que apareció en el umbral de esta unos instantes después era esbelta y muy rubia, vestía una túnica color crema asalmonado, unas mallas grises y unas botas altas de tacón que le llegaban por encima de las rodillas.

Nikos frunció el ceño ante la altura de los finos tacones, y no pudo evitar preguntarse por qué calzaría una mujer embarazada unas botas con unos tacones como aquellos. Aquellas botas eran un problema, al igual que su vestido.

La túnica le llegaba justo por encima del muslo, revelando un buen trozo de pierna.

Nikos ya sabía por los informes que tenía que Georgia Nielsen era una mujer bonita, pero no esperaba aquello.

En lo alto de las escaleras, con la brisa agitando su pelo rubio y el sol a contraluz se parecía tanto a Elsa que sintió que se le encogía el corazón.

Había querido una madre de alquiler que se pareciera a Elsa.

Pero no a la propia Elsa.

Se preguntó si habría cometido un terrible error. Tenía que estar bastante loco para haber buscado por el mundo a una mujer que se pareciera a su difunta esposa, y más aún para haberla llevado a Kamari.

La mujer debía haberlo visto porque de pronto irguió los hombros y, sujetándose el pelo con una mano, bajó las escaleras rápidamente. No las bajó exactamente corriendo, pero si con velocidad y determinación.

Mientras caminaba hacia ella, Nikos pensó que en realidad no se parecía a Elsa. Su Elsa había sido una mujer tranquila, delicada, incluso tímida, mientras que aquella rubia de largas piernas avanzaba por el asfalto de la pista como si fuera la dueña del aeropuerto.

Se encontró con ella a medio camino, decidido a hacerle frenar la marcha.

–Cuidado –murmuró.

Georgia alzó el rostro y lo miró con el ceño fruncido.

–¿Cuidado con qué? –preguntó con un matiz de irritación.

De lejos era llamativa, pero de cerca era asombrosamente bonita. Incluso más bonita que Elsa, si es que aquello era posible.

Nikos volvió a pensar que había sido un error haberla hecho acudir allí cuando aún faltaba tanto para que diera a luz. No porque él corriera el peligro de enamorarse del fantasma de su difunta esposa, sino porque su relación con Elsa nunca fue fácil, y su muerte, absurda, sin sentido, le había causado una intensa culpabilidad. Había esperado que tener un hijo le serviría de impulso para seguir adelante, para vivir. Para volver a sentir.

Elsa no era el único fantasma de su vida. Él mismo se había convertido en uno.

–Podría tropezar y caer –dijo con aspereza.

Georgia arqueó una ceja y le dedicó una larga mirada que hizo sentirse a Nikos inspeccionado, catalogado, evaluado.

–Dudo que pudiera suceder algo así –replicó Georgia finalmente–. Tengo un equilibrio excelente. Me habría encantado ser gimnasta, pero crecí demasiado –añadió a la vez que le ofrecía su mano–. Pero aprecio su preocupación, señor Panos.

Nikos contempló su mano más tiempo del que probablemente habría sido considerado adecuado. En el pasado nunca le habían preocupado demasiado los formalismos y los buenos modales, y en la actualidad le daban completamente igual. Todo le daba completamente igual. Y ese era el problema. Pero los Panos no podían desaparecer con él. No solo porque la empresa familiar necesitara un heredero. Él era el último Panos que quedaba, y no podía permitir que sus errores acabaran con una familia de un linaje centenario. Su familia no tenía por qué pagar por sus pecados.

Y esperaba que aquel bebé cambiara aquello. Aquel bebé sería el futuro.

Tomó la mano de Georgia y la estrechó en la suya con firmeza.

–Nikos –corrigió y a continuación volvió la cabeza para permitir que Georgia viera con toda claridad el lado derecho de su rostro, para permitir que viera quién era. En qué se había convertido.

En un monstruo.

En la Bestia de Kamari.

Volvió de nuevo la cabeza y buscó su mirada.

Georgia siguió contemplándolo sin parpadear, sin dar el más mínimo indicio de horror o miedo. Tampoco parecía sorprendida. Sus ojos azules con destellos de gris y plata lo miraban abiertamente, sin barreras. Nikos encontró intrigante que no pareciera incómoda ante la visión de su mejilla y su sien quemadas.

–Georgia –replicó ella a la vez que devolvía con la misma firmeza el apretón de manos.

A pesar de las largas horas de viaje, de su embarazo, o tal vez precisamente por este, parecía fresca, a punto, radiante de salud y vitalidad.

Nikos, que no había deseado nada ni a nadie durante cinco años, sintió que en su interior despertaba una inesperada punzada de curiosidad, y de sordo deseo. Hacía tanto tiempo que no sentía nada que la reacción de su cuerpo lo sorprendió tanto como las preguntas que se estaban formulando en su cabeza.

¿Se sentía atraído por aquella mujer porque se parecía a Elsa, o porque le intrigaba que pareciera no sentirse en lo más mínimo afectada por sus cicatrices?

Se preguntó cómo era, qué aspecto tendría desnuda, cómo sabría su piel...

Y de pronto, tras todos aquellos años de no sentir nada, de no ser nada, de haber vivido entumecido como un muerto, su cuerpo reaccionó, se endureció con una intensidad casi dolorosa.

Pero aquello no podía estar pasando. Por eso vivía en Kamari, alejado de la gente. No era para protegerse a sí mismo, sino para proteger a los demás.

Reprimió con dureza aquel arrebato de deseo recordándose lo que le había hecho a Elsa, y lo que la muerte de Elsa le había hecho a él.

Aquella mujer no era Elsa, no era su esposa. Pero aunque no fuera una esposa no podía correr riesgos. Llevaba dentro a su hijo. Su salud y bienestar eran esenciales para la salud y el bienestar de su hijo. Aquella mujer no era más que una madre de alquiler. Nada más. Tan solo un útero alquilado.

Con un escueto gesto indicó a los miembros de la tripulación del avión que colocaran el equipaje de Georgia en el viejo Land Rover restaurado que le gustaba utilizar para conducir por los escarpados caminos de Kamari. Mientras se encaminaba hacia el vehículo recordó las botas de tacón alto de la estadounidense.

–Ese calzado no es adecuado para Kamari –dijo secamente.

Georgia se encogió de hombros.

–Lo tendré en cuenta –replicó mientras rodeaba el Land Rover hacia el lateral del pasajero.

Al ver que habían puesto un pequeño escalón ante la portezuela para que alcanzara la elevada base del todoterreno, sonrió y accedió al asiento sin necesidad de ayuda.

Nikos no comprendió su sonrisa. Tampoco entendía

la confiada desenvoltura que manifestaba aquella mujer con su lenguaje corporal. Casi parecía estar retándolo.

Y no estaba seguro de que aquello le gustara.

Afortunadamente, sentía que tenía su genio bajo control. En otra época su mal genio había sido legendario, pero con el paso del tiempo se había ido suavizando. Aunque nunca lo había volcado en Elsa, esta siempre se había mostrado cautelosa a su alrededor. Asustadiza.

Movió la cabeza para alejar los recuerdos. No quería pensar en Elsa en aquellos momentos. No quería seguir sintiéndose perseguido por el pasado. Estaba tratando de avanzar, de crear un futuro.

Ocupó su asiento tras el volante miró de reojo a Georgia, que se estaba poniendo el cinturón. Su melena rubia caía por su espalda como una cascada de oro. Tenía un pelo precioso, más largo que el de Elsa.

Nikos tuvo que reprimir de nuevo la acalorada sensación que recorrió su cuerpo. No quería encontrar atractiva a Georgia Nielsen. Sabía que no era buena idea. Pero, al parecer, su cuerpo tenía voluntad propia en aquel terreno, y podía convertirlo en un tigre al acecho. En una bestia fuera de su jaula.

Hasta que no estuvo casado con Elsa no supo que tenía una personalidad tan aterradora. No se dio cuenta hasta que notó que Elsa empezaba a esconderse de él como si lo temiera.

Thirio.

Teras.

Si se hubiera conocido a sí mismo en aquel aspecto antes de casarse no se habría casado. Si hubiera sabido que iba a destruir a su preciosa esposa con su mal carácter, habría permanecido soltero.

Sin embargo, había querido tener hijos. Había deseado intensamente tener una familia propia.

–Estamos a unos quince minutos de la casa –dijo con voz ronca mientras arrancaba el motor del Land Rover.

–¿Y la población más cercana? –preguntó Georgia mientras ajustaba el cinturón sobre su regazo.

Nikos siguió el movimiento de sus manos con la mirada y la centró instintivamente en su vientre, fijándose por primera vez en su protuberancia. Hacerse consciente de que Georgia llevaba en su interior a su hijo le produjo un sobresalto. Su hijo.

Por un instante se quedó sin aliento. De pronto aquello era real. Su semilla había florecido en...

–¿Quieres tocarlo? –preguntó Georgia con delicadeza.

Nikos alzó la mirada hacia su rostro. Estaba pálida, pero lo miraba atentamente.

–Se está moviendo –añadió Georgia, y sus labios se curvaron en una tierna sonrisa–. Creo que está saludando.

Nikos volvió a bajar la mirada.

–¿No es demasiado pronto como para que pueda sentirlo moviéndose?

–Hace dos semanas lo habría sido, pero ya no.

Nikos siguió contemplando el vientre de Georgia como si estuviera hipnotizado. Quería notar cómo se movía su hijo allí dentro, pero temía cómo le pudiera afectar sentir la calidez que sin duda emanaría de la tersa piel de Georgia.

–Prefiero esperar –dijo a la vez que apartaba la mirada y trataba de distraerse poniendo el todoterreno en movimiento. La presencia de aquella mujer en su isla era un evidente error. ¿Cómo había podido llegar a creer que sería buena idea tenerla allí?–. Pero me alegra saber que se mueve y está sano –añadió

–Claro que lo está. ¿No has recibido las ecografías de mis revisiones?

–Sí –replicó Nikos escuetamente. No quería hablar del bebé. No quería hablar. No quería conocer a Georgia Nielsen. No iba a haber ninguna relación entre ellos. Necesitaba que estuviera a salvo porque llevaba a su hijo dentro. Nada más.

–¿Y dónde está la población más cercana? –repitió Georgia.

–No hay ninguna población. Es una isla privada.

–¿Y es tuya?

–Mía –asintió Nikos sin apartar la mirada de la carretera.

–¿Y la casa? ¿Cómo es?

–Está cerca del agua. Es una casa antigua y sencilla. A mí me basta.

Georgia pasó una mano por su rubia cabellera.

–El señor Laurent se refería a la casa como una villa. ¿No lo es?

–En Grecia una villa es una casa de campo. Pero yo no utilizo ese nombre. Para mí solo es mi casa. Mi hogar.

Georgia abrió la boca para decir algo, pero Nikos la interrumpió en tono cortante.

–No soy especialmente aficionado a conversar, Georgia.

Si Georgia no se hubiera sentido ligeramente mareada se habría reído. Miró de reojo a Nikos y contempló sus duros rasgos, sus negras cejas.

El mero hecho de mirarlo le hizo sentirse temblorosa y le produjo un revoloteo de mariposas en la boca del estómago.

Nikos Panos no era lo que había esperado. Había imaginado un hombre sólido, estable, de unos treinta y cinco años. Pero no había nada estable ni cómodo en Nikos Panos. Era alto, de anchos hombros y largas piernas. Tenía el pelo negro, denso, unos penetrantes ojos negros y unos rasgos fuertes muy atractivos... al menos en un lado de la cara. En el otro tenía una cicatriz que le llegaba de la sien a la mejilla. Era una cicatriz evidente, pero no grotesca, provocada por una quemadura, y Georgia sabía lo lento y doloroso que debía haber sido el proceso de curación.

Pero, más allá de aquello, y de su brusca actitud, Nikos Panos estaba hecho del material necesario para colmar las fantasías de cualquier jovencita.

«No soy especialmente aficionado a conversar, Georgia».

¿Qué suponía aquello? ¿Que no iba a poder hablar con nadie mientras estuviera allí?

El abogado le había dicho que no había una señora Panos, que Nikos pensaba criar a su hijo solo. ¿Sería allí donde pensaba criarlo? ¿En aquella árida isla volcánica?

–¿Dónde piensas vivir cuando nazca tu hijo? –preguntó.

–Aquí. Este es mi hogar.

Georgia contempló el estrecho camino por el que circulaban, que bordeaba una árida montaña y apenas estaba asfaltado. Le hubiera gustado que tuviera una barrera de protección.

Le hubiera gustado estar de vuelta en Atlanta.

Ojalá no hubiera aceptado nunca hacer aquello.

Trató de controlar su ansiedad con unas cuantas respiraciones profundas.

¿Qué hacía allí? ¿Por qué había aceptado meterse en aquel embrollo?

Por el dinero. En otras ocasiones, pensar en los problemas que iba a poder resolver con la cantidad que había recibido le había bastado para tranquilizarse, pero en aquellos momentos no le estaba funcionando.

–Para, por favor –dijo al sentir que el estómago se le contraía–. Estoy mareada.

Capítulo 3

UNA VEZ en su dormitorio, Georgia durmió el resto del día.

Soñó con Savannah, con su llorosa despedida en el aeropuerto.

«¿Qué sabes de ese hombre?»

«Podría ser peligroso...»

«¿Quién podrá ayudarte en esa isla perdida en medio de la nada?»

Su sueño se vio interrumpido por unas insistentes llamadas a la puerta.

Georgia las escuchó, pero no quería despertarse. Permaneció tumbada, tratando de aferrarse a su sueño.

Pero los golpes continuaron.

Estaba irguiéndose en la cama cuando la puerta se abrió violentamente y Nikos Panos entró furioso en el dormitorio.

–¿Se puede saber qué haces? –preguntó Georgia con un sobresalto a la vez que se cubría rápidamente con la sábana.

–¿Por qué no contestabas?

–¡Porque estaba dormida!

–Llevamos una hora tratando de despertarte –Nikos avanzó hacia la cama con ojos brillantes–. Temía que te hubiera pasado algo.

–Como verás, no me ha pasado nada.

–Me has dado un buen susto.

Georgia aún estaba temblando a causa de la conmoción.

–¿Y cómo crees que me siento yo? ¡Has roto la cerradura!

–Eso puede arreglarse.

–¿Pero cómo se te ha ocurrido entrar de ese modo? Creía que eso solo pasaba en las películas.

–Alguien se ocupará de reparar la cerradura cuando subas a comer.

Georgia quería una disculpa pero, al parecer, no iba a obtenerla. Volvió la mirada hacia la ventana. El sol ya se estaba poniendo.

–¿No es muy tarde para comer?

–No. Vístete y sube a...

–¿No podrías hacer que me trajeran algo a la habitación? –interrumpió Georgia, irritada por el tono cortante de Nikos–. Después del largo viaje que acabo de hacer preferiría seguir en pijama y leer un rato.

–Sube a la tercera planta. Ahora estamos en la segunda. Una vez arriba cruza la sala de estar hasta la terraza –replicó Nikos sin miramientos.

Georgia frunció el ceño, cada vez más irritada.

–El señor Laurent me dijo que contaría con mi propio espacio y tanta intimidad como deseara.

–Tienes tu propio espacio. Tres habitaciones solo para ti. Pero nos vamos a ver al menos una vez al día durante la comida. Conviene que establezcamos esa rutina cuanto antes.

–No entiendo la necesidad de que nos veamos a diario. No tenemos nada que decirnos.

–En eso estoy de acuerdo. Pero sí tengo muchas cosas que decir a mi hijo y, ya que lo llevas dentro, tu presencia es imprescindible para que pueda hacerlo.

Georgia trató de reprimir el cáustico comentario que tenía en la punta de la lengua, pero no lo logró.

–En ese caso, siento que tengas que soportar mi inaguantable compañía durante los próximos tres meses.

–Ambos estamos haciendo sacrificios. Afortunadamente, tú estás siendo generosamente recompensada por los tuyos –replicó Nikos antes de volverse para salir.

–Me gustaría tomar una ducha antes.

–Muy bien.

–¿Harás que alguien se ocupe de reparar la puerta mientras estoy arriba?

–Ya te he dicho que sí.

Tras salir del dormitorio de Georgia, Nikos buscó a Adras, el hombre mayor que se ocupaba de los asuntos domésticos de la villa, y le dijo que había que arreglar la puerta. Luego subió a la terraza cubierta de la tercera planta a esperar.

El intenso tono anaranjado de la puesta de sol cubría el horizonte como un manto. Mientras contemplaba las impresionantes vistas del mar Egeo, Nikos experimentó una extraña sensación de anticipación. No estaba acostumbrado a tener visitas. Kamari era su propia roca, trescientos veinte acres de tierra al noroeste de las Cícladas. La isla más cercana era Amorgós, que contaba con un hospital, transbordador, tiendas y un monasterio, pero hacía años que no iba allí. No le hacía falta. No había nada bueno en Amorgós... al menos para él.

Todo lo que necesitaba se lo llevaban por avión a la isla y, si quería compañía, podía volar a Atenas. Aunque casi nunca quería compañía. Hacía meses y meses que no salía de allí. Tenía una casa en Atenas, además de las oficinas de la empresa. También tenía otro lugar en Santorini, las propiedades de la familia, unas antiguas bodegas que en otra época habían sido su lugar favorito y en la actualidad se habían convertido en su peor pesadilla.

Llevaba tanto tiempo viviendo solo que era incapaz de imaginarse a sí mismo formando parte del mundo exterior. Y su hijo tampoco necesitaría el mundo exterior. Le enseñaría a vivir con sencillez, a amar la naturaleza, a ser independiente. Se aseguraría de que aprendiera a valorar lo bueno, lo verdadero. No el dinero, ni el éxito, ni el orgullo, sino aquella isla, el cielo, el mar.

Pero era posible que todos aquellos años de vivir en soledad lo hubieran vuelto demasiado áspero, demasiado impaciente. Se sentía especialmente impaciente en aquellos momentos, esperando a Georgia. No se estaba dando precisamente prisa con la ducha. No tenía prisa por reunirse con él. Se estaba tomando su tiempo. Le estaba haciendo esperar.

Finalmente, el sonido de unos pasos a sus espaldas le hizo volverse.

Georgia salió a la terraza con expresión cautelosa. Vestía mallas negras, un largo jersey de punto negro y blanco, zapatos de tacón, y se había sujetado el pelo en una alta cola de caballo. Aunque no iba maquillada parecía mucho más descansada que al llegar, pero su gesto prevenido preocupó a Nikos.

No quería ser un monstruo. No disfrutaba asustando a las mujeres.

–Has encontrado el camino –murmuró con voz ronca.

–Sí.

–¿Quieres beber algo? –Nikos señaló las jarras de agua y zumo que había sobre la mesa.

–Agua, por favor.

A Nikos no le extrañó que Georgia se volviera a contemplar las deslumbrantes vistas de la puesta de sol mientras él servía el agua.

–¿Cómo te sientes?

–Bien –contestó Georgia en tono distante.

Nikos era consciente de que debía disculparse, pero no sabía por dónde empezar.

–¿Te mareas en el coche habitualmente? –preguntó.

–No, pero las cosas cambian con el embarazo.

–Mis pilotos me han dicho que el aterrizaje ha sido bastante turbulento. A veces sopla un viento muy fuerte por esta zona. Lo siento.

Georgia arqueó una elegante ceja a la vez que se volvía a mirarlo.

–No puedes controlar el viento –dijo mientras aceptaba el vaso que le ofreció Nikos–. Pero sí puedes controlarte a ti mismo. No vuelvas a romper la puerta, por favor.

Nikos no estaba acostumbrado a disculparse, pero tampoco lo estaba a que lo criticaran.

–Ya te he dicho que van a arreglarla.

–No me refiero a eso. Tu uso de la fuerza ha sido excesivo. Estoy segura de que hay algún tipo de intercomunicador en la casa que podrías haber utilizado para comprobar cómo estaba.

–Tal vez estaría bien que la próxima vez no cerraras con llave la puerta.

Georgia frunció el ceño.

–Siempre cierro con llave la puerta.

–¿Incluso en tu propia casa?

–Vivo sola. Cierro las puertas.

–¿Tan peligroso es Atlanta?

–El mundo es peligroso. Si no cierro la puerta no puedo dormir.

–Aquí estás a salvo.

Georgia alzó levemente la barbilla y miró a Nikos al rostro.

–No estoy segura de qué quieres decir con eso.

–Quiero decir que aquí puedes relajarte. Que no corres ningún peligro.

–¿Eso te incluye a ti?

Nikos se tensó y miró por encima del hombro de Georgia hacia el mar. Pero lo único que logró ver fue a Elsa. Elsa, que siempre había temido todo lo que él era.

–No se me ocurriría hacerte daño –replicó roncamente–. Estás aquí precisamente porque quiero asegurarme de que estés a salvo. Tu bienestar es esencial para el de mi hijo. En Kamari solo obtendrás los mejores cuidados.

–No necesito cuidados. Necesito espacio y respeto.

–Algo que obtendrás, además de los cuidados adecuados.

–No estoy segura de que tu concepto y el mío de lo que son cuidados «adecuados» coincidan. Para mí lo mejor habría sido permanecer en mi casa, cerca de mi hermana y de mi obstetra. Me habría sentido más segura con mi familia y mi médico cerca.

–He contratado al mejor obstetra y al mejor pediatra de Grecia. Ambos se ocuparán de todo lo necesario.

–A pesar de todo, me habría sentido más a gusto en mi casa.

–Estoy convencido de que este lugar te resultará muy agradable cuando te acostumbres.

Algo destelló en la mirada de Georgia a la vez que comprimía los labios.

–Creo que no comprendes lo que estoy diciendo. Cuando acepté alquilar mi útero no esperaba tener que pasar aquí tanto tiempo, contigo. Eso no formaba parte del acuerdo inicial. No me agrada tener que estar aquí. No es bueno para mí.

–Has sido generosamente recompensada por haber venido a Kamari.

–Pero el dinero no lo es todo. Y no pienso permitir que te dediques a echarme en cara el dinero. Es grosero y degradante.

–Sin embargo aceptaste alquilar tu útero por dinero.

–Tenía que pagar mis estudios de medicina, y los de mi hermana, pero también quería lograrlo haciendo algo bueno, algo positivo. Y lo he hecho. He creado vida. Y a eso no se le puede poner precio... –Georgia apartó la mirada a la vez que su voz se quebraba.

Nikos contempló su precioso perfil y creyó captar el destello de una lágrima en sus ojos. Pero lo más probable era que se tratara de un juego. No se fiaba de las lágrimas, y no pudo evitar pensar en la posibilidad de que aquella mujer estuviera tratando de manipularlo. Era posible. Elsa le había enseñado aquello.

–¿Y no sientes escrúpulos ante la idea de tener que entregar esa vida? –preguntó con rudeza.

Georgia dejó escapar un sonido a la vez suave y áspero y cuando habló su voz surgió más ronca de lo habitual.

–Es tu hijo, no mío.

–Pero es tu óvulo. Tú útero.

La sonrisa que esbozó Georgia no alcanzó sus ojos.

–Soy poco más que una jardín fértil. El suelo no llora cuando siembras o cosechas.

–El suelo tampoco es una hembra joven, maternal, preparada para alimentar una criatura...

–No soy una persona maternal –interrumpió Georgia con frialdad.

–Sin embargo estás haciendo esto para ayudar a tu hermana.

–Eso es distinto. Ella es mi familia. Soy responsable de ella. Pero no deseo tener hijos propios, ni asumir más responsabilidades.

–Puede que más adelante cambies de opinión.

Georgia avanzó hacia Nikos sin apartar la mirada de su rostro.

–¿Quieres que cambie de opinión más adelante?

Nikos se sintió conmocionado, no solo por sus palabras, sino por el modo en que había avanzado hacia él. Nadie invadía su espacio. Nadie quería estar cerca de él. Intimidaba a las mujeres. Hacía que la gente se sintiera incómoda.

Evidentemente, Georgia no era una mujer tímida, ni débil, y parecía dispuesta a enfrentarse a él cara a cara.

Nikos admiró su audacia, su confianza. Admiraba la fuerza, el coraje, pero Georgia no sabía que su actitud retadora no hacía más que alentar su apetito. Aquella resistencia y energía lo estaban despertando, le estaban haciendo sentir cosas que hacía demasiado tiempo que no sentía.

Le preocupaba aquella reacción. Aquella mujer lo fascinaba. Aunque se pareciera a Elsa, en realidad era completamente distinta. Georgia no se escondía de él, no huía del conflicto.

Y no podía evitar encontrar aquello estimulante.

Refrescante.

Pero debía advertirla. Debía hacerle comprender que estaba despertando a la bestia que llevaba en su interior, y que no le gustaría lo que iba a encontrarse cuando la despertara. Era más seguro mantenerla enjaulada, adormecida...

–Por supuesto que no quiero que cambies de opinión más adelante. Es mi hijo.

–Bien. Me alegra saber que estamos de acuerdo en eso –dijo Georgia a la vez que se apartaba de él y se encaminaba hacia una banco blanco que había contra la pared de la terraza.

Nikos observó la elegancia de sus movimientos

mientras se sentaba. Tras cruzar las piernas se apoyó contra el respaldo con una actitud de completa calma. Pero cuando avanzó hacia ella captó un destello en su mirada que le hizo comprender que no estaba tan calmada como parecía. Estaba alerta, y en guardia.

Ocupó una silla frente a ella y alargó las piernas ante sí, invadiendo en parte su espacio.

–Mientras veníamos me has preguntado que dónde quería criar a mi hijo –Nikos hizo una momentánea pausa para contemplar los magníficos rasgos del rostro de Georgia, sus carnosos labios rosados, el elegante y esbelto cuello en cuya base pudo apreciar su pulso. No estaba tan calmada como quería aparentar. Ni mucho menos–. ¿Por qué lo has preguntado?

Georgia se encogió de hombros.

–Por mera curiosidad.

–¿Curiosidad sobre la vida que vivirá mi hijo o sobre mí?

Georgia volvió a encogerse de hombros con despreocupación.

–Solo trataba de conversar. Te pido disculpas si he hecho que te sintieras incómodo.

–No me he sentido incómodo en absoluto. Me encanta Kamari, así que era algo fácil de contestar. Criaré a mi hijo aquí. Viviremos aquí y le enseñaré todo sobre su familia, su linaje, y me aseguraré de que esté preparado para heredar el negocio y la fortuna de los Panos. Él es mi legado. Él es el futuro.

Tras aquellas palabras se produjo un incómodo silencio, y Nikos supo que Georgia Nielsen estaba procesando cada una de las palabras que había escuchado. Aquella mujer no era precisamente un peso ligero en el terreno intelectual.

Señaló su vaso de agua, casi vacío.

–¿Quieres más agua, Georgia?

–Estoy bien así, gracias.

Nikos no tuvo más remedio que reconocer que aquello era cierto. Estaba mejor que bien, y aquello podía convertirse en un problema si no controlaba su interés por ella de inmediato. Lo que necesitaban eran tópicos de conversación aburridos, seguros. Y mantener las distancias.

–A los griegos nos encanta el agua. Servimos agua con el café, con el postre. A menudo es nuestra bebida de elección... –su voz quedó apagada por el rugido de un motor.

Nikos permaneció en silencio mientras el Falcon blanco que había llevado a Georgia a la isla pasaba por encima de ellos.

Georgia alzó la mirada hacia el jet.

–¿Tu avión no se queda aquí?

–No. El hangar está en Atenas.

–¿Por qué en Atenas?

–Es donde tengo todos mis aviones.

–¿Tienes más?

–Sí. También algunos helicópteros.

–¿Y barcos?

–Por supuesto. Vivo en una isla remota.

Georgia apartó un mechón de pelo de su frente.

–¿Es demasiado tarde para dar una vuelta por la isla ahora?

–El sol se pondrá en la próxima hora. Es mejor esperar a mañana. Te enseñaré los jardines, los paseos y la piscina. El señor Laurent me dijo que te gusta hacer ejercicio regularmente.

–Camino, nado, ando en bici, levanto pesas...

–Las pesas se acabaron.

Georgia rio, divertida.

–No estoy hablando de las Olimpiadas.

–Nada de pesas –insistió Nikos–. En estos momentos no creo que os convenga ni a ti ni al bebé.

Georgia abrió la boca para protestar, pero volvió a cerrarla enseguida y se encogió de hombros.

–La piscina está climatizada –añadió Nikos–. Creo que la encontraras bastante agradable.

Georgia extendió sus largas piernas ante sí y se arrellanó contra el respaldo del banco.

–¿Van a ser así las cosas durante los próximos tres meses y medio?

–¿Qué quieres decir?

–¿Piensas supervisar mi nutrición además de mi ejercicio?

Nikos captó el tono burlón de Georgia, que no le irritó tanto como agitó sus sentidos. Aquella mujer no tenía idea de lo atractiva que la encontraba. Debía advertírselo. Al menos por su propio bien.

–Sí. Las cosas van a ser así –no tenía sentido negarlo. Georgia estaba allí para que él pudiera asegurarse de que el tercer trimestre de su embarazo transcurriera sin problemas.

Los ojos de Georgia sonrieron junto con sus labios.

–En ese caso tenemos un problema.

–No si te amoldas a mis deseos.

Georgia alzó una ceja perfectamente depilada.

–¿Fue así como me describió el señor Laurent? ¿Dócil, dulce, complaciente?

–Nunca habló de ti en esos términos –replicó Nikos con cautela, consciente del juego en el que estaban entrando–. Creo que utilizó las palabras «inteligente», «dotada», «ambiciosa», «determinada».

La mirada azul de Georgia mantuvo con firmeza la de Nikos. No parecía sentirse en lo más mínimo amenazada o incómoda. Todo su ser irradiaba confianza, control. Para tener solo veinticuatro años, parecía una mujer realmente poderosa.

Y no era aquello precisamente lo que había buscado Nikos cuando había decidido alquilar una madre para su hijo.

–No estoy acostumbrada a que me digan lo que tengo que hacer –dijo Georgia con firmeza–. Puede que vaya a ser tu invitada durante los próximos meses, pero no pienso dedicarme a recibir órdenes.

Nikos tampoco estaba acostumbrado a negociar con nadie, y menos aún con mujeres. Pero no podía evitar encontrar excitante aquella situación.

–En lugar de órdenes, ¿no podrías considerarlo cuidados y preocupación por el bienestar de mi hijo?

–Me he esmerado desde el primer momento en cuidar de mí misma y del bebé como es debido.

–Y yo te lo agradezco. Pero como padre del niño también espero que respetes mis deseos.

No había duda de que estaba teniendo lugar una lucha de poderes, algo que Nikos tampoco había anticipado. Lo único que tenía que hacer Georgia era plegarse a sus deseos pero, al parecer, no podía, o no quería, y aquello no hacía más que echar gasolina a la llama.

Nikos no se sentía enfadado, pero los latidos de su corazón habían arreciado y sentía la sangre palpitando en sus venas.

–Creo que aquí hay un malentendido –dijo con suavidad–. Tal vez se trate de un problema del idioma, o de un problema cultural, ya que tú eres estadounidense y yo soy griego. Pero los negocios son los negocios. Llegaste a un acuerdo conmigo y yo he cumplido con mi parte. Te he pagado generosamente por tu servicio...

–Estamos hablando de mi cuerpo. No soy un contenedor, ni un recipiente. Tampoco soy tu empleada. Soy una mujer que te está ofreciendo un regalo...

–Que me está ofreciendo un servicio –interrumpió Nikos–. Creo que sería más adecuado llamarlo así.

–Te estoy ofreciendo el regalo de la vida –insistió Georgia en tono desafiante–. Y no soy cualquier mujer. Soy la mujer que tú quisiste que, además de alquilar su útero, donara su óvulo. Me elegiste por algún motivo. Podrías haber elegido a cualquier otra, pero me elegiste a mí, lo que significa que me tienes, pero no que puedas dedicarte a darme órdenes. No respeto a los hombres que adoptan ese tipo de actitud. Puedes mantener una conversación conmigo, pero no aceptaré que te dediques a dictarme lo que debo hacer.

Tras aquellas palabras se produjo un prolongado silencio.

Georgia fue muy consciente de la intensidad con que la estaba inspeccionando Nikos. No se sintió atemorizada, pero sí muy consciente de la energía que parecía emanar de él a raudales.

Nunca había conocido a nadie como aquel hombre. Y si las circunstancias hubieran sido otras se habría sentido intrigada por él. Pero estaba atrapada en aquella isla con Nikos Panos y la superviviente que llevaba dentro le advertía de que debía tener mucho cuidado.

–¿No vive nadie más en Kamari? –preguntó finalmente.

–Solo el servicio y yo.

–¿Son muchos?

–Más o menos seis, dependiendo de los días y las ocasiones.

–¿Y nunca sales de aquí? ¿Vamos a ir algún día a algún sitio?

–¿Solo llevas aquí unas horas y ya estás deseando irte?

–Nunca había estado en Grecia.

–Pues ya estás en Grecia.

Georgia sonrió y volvió la mirada hacia el mar.

–Veo otras islas. Tampoco pueden estar tan lejos.

–La más cercana es Amorgós. Está a veintiséis kilómetros.

–¿Cómo sueles ir hasta allí?

–No voy.

La sonrisa de Georgia se ensanchó.

–¿Y si yo quisiera ir a visitar la isla?

–¿Y por qué ibas a querer hacerlo?

–Puede que quiera ir de compras.

–¿Quieres comprar aceitunas, pan, jabón? Porque eso es todo lo que hay en invierno en Amorgós.

–Seguro que hay algo más que unas pocas tiendas.

Nikos se encogió de hombros.

–Hay un ferry, un hospital y un monasterio, además de unas cuantas iglesias. Pero no hay museos, ni cafés, ni nada que pueda llamar tu atención.

–No me conoces. ¿Cómo sabes lo que puede llamarme o no la atención?

–Eres una mujer joven y guapa. A las mujeres jóvenes y guapas les gusta pasarlo bien.

Georgia rio, aparentemente divertida.

–Un comentario increíblemente sexista.

–Nada de sexista; simplemente sincero. Y antes de que pienses que estoy siendo injusto con el género femenino, déjame añadir que a los hombres jóvenes y guapos también les gusta pasarlo bien.

–Pero no a ti.

–Yo no soy ni joven ni guapo.

–¿Estás buscando un cumplido?

Nikos se inclinó hacia Georgia hasta que sus rostros quedaron a apenas unos centímetros de distancia.

–Mírame.

Georgia lo estaba haciendo, y notó que sus ojos no solo eran de un intenso marrón oscuro, sino que parecían de chocolate derretido con un toque de café, que sus pestañas eran gruesas, largas y negras, y enmarcaban a la perfección sus iris, que sus cejas eran negras, fuertes...

–Estoy mirando –dijo con calma, aunque su corazón latió con más fuerza. No sabía qué le estaba pasando, pero notó que le costaba más respirar y que todo su cuerpo se estaba acalorando–. Aún eres joven y, a pesar de las cicatrices, sigues siendo guapo.

–¿Acaso esto es un juego para ti? –murmuró Nikos roncamente.

–No.

–En ese caso vuelve a mirar.

–Lo estoy haciendo. ¿Qué se supone que debería estar viendo?

Nikos alzó una mano para apartar el mechón de pelo que cubría su sien y dejar al descubierto la franja de piel veteada, manchada.

–Mira mejor.

–Veo unas quemaduras –replicó Georgia, esforzándose por mostrarse fría e indiferente mientras alzaba una mano para deslizar un dedo por la piel quemada–. Se extienden varios centímetros por tu frente hasta al interior del cuero cabelludo y siguen por tu sien hasta la oreja y hasta lo alto del pómulo –los dedos le temblaron ligeramente cuando retiró la mano–. ¿Hace cuanto tiempo te quemaste?

–Cinco años.

–Se han curado bien.

–Me he sometido a varias sesiones de cirugía reconstructiva.

Nikos dijo aquello con sus palabras, pero Georgia sintió que le estaba diciendo algo distinto con su intensa y oscura mirada. Se sentía demasiado acalorada e incómoda como para analizar lo que estaba pasando.

Y estaban pasando demasiadas cosas y demasiado deprisa.

No había acudido a Kamari preparada para aquello... para conocer a aquel hombre.

Resultaba abrumador en todos los sentidos. Su altura y su poderoso físico, unido a la energía que emanaba de su cuerpo hacían que le costara pensar con claridad.

Iba a resultar muy complicado pasar allí tres meses y medio si no alzaba de inmediato algunas barreras. No solía sentirse fácilmente intimidada, pero Nikos Panos se estaba metiendo rápidamente bajo su piel. Necesitaba distanciarse de todo aquello cuanto antes.

–Estoy agotada –dijo a la vez que se levantaba–. Creo que debería volver a mi cuarto.

–Necesitas comer algo.

–¿Te importaría que me llevaran algo a la habitación? Estoy deseando comer y meterme en la cama –Georgia logró esbozar una tensa sonrisa–. Más vale que aproveche para dormir ahora, mientras pueda. Tengo entendido que no me será fácil conseguirlo durante los últimos meses.

Nikos arrugó el ceño. No parecía contento con la petición, pero al cabo de un momento se levantó.

–Te acompaño a tu cuarto.

–No te molestes.

–Eres mi invitada y acabas de llegar. Te acompaño. Así podré comprobar si ya está arreglada la puerta.

Georgia no podía argumentar nada al respecto y sabía que si quería sobrevivir en aquel lugar debía ceder de vez en cuando.

Tras bajar a la segunda planta, Nikos señaló un pasillo que había a su izquierda.

–Mi habitación está al fondo. Por si necesitas algo más tarde.

–No voy a necesitar nada.

–Siempre puede surgir una emergencia.

–No surgirá.

Siguieron avanzando en silencio hasta que llegaron a la habitación de Georgia. La puerta estaba cerrada. Nikos tomó el pomo, que cedió fácilmente y la puerta se abrió. Luego volvió a cerrarla.

–Parece que funciona bien.

Georgia quiso probarlo personalmente. Abrió y cerró la puerta sin problema, pero al observarla con más detalle notó que faltaba algo.

La cerradura no estaba.

Se volvió hacia Nikos con el ceño fruncido.

–No está bien. Falta la cerradura.

–Abre y cierra.

–Has hecho que la quiten. Te he dicho que...

–Y yo te he dicho que debo tener acceso a tu habitación en caso de que surja algún problema –interrumpió Nikos con firmeza–. Si el miedo a ser atacada te impide dormir, yo podría alojarme en tu cuarto para que estuvieras más tranquila.

–Ni hablar.

–En ese caso tendrás que acostumbrarte a la puerta sin llave –dijo Nikos con dureza–. Dentro de un rato te traerán algo de comer y mañana por la mañana te enseñaré el resto de la propiedad y los jardines.

Capítulo 4

GEORGIA tardó mucho en conciliar el sueño. Se arrepentía de haber aceptado acudir a aquella isla perdida, pero ya no tenía sentido lamentarse. Además, ya había sobrevivido a experiencias más duras en su vida, y estaba segura de que podría enfrentarse a aquella.

A pesar de todo, habría estado bien saber más sobre Nikos Panos de lo que sabía. El señor Laurent le había contado que la familia Panos había hecho su fortuna tras la Segunda Guerra Mundial, invirtiendo en la construcción, luego en astilleros y finalmente en el mundo de los negocios. Pero la historia de la familia Panos no había sido toda sol y rosas. Debido a algunas inversiones equivocadas, la empresa había hecho aguas durante la última década y había llegado a bordear la quiebra. Pero cuando el heredero Nikos Panos tomó el timón, la empresa resurgió de sus cenizas con más fuerza que nunca.

Aquel detalle había reforzado la confianza de Georgia. Un hombre de éxito como él tenía que ser una persona estable, razonable. Estaba claro que debía aprender a no sacar conclusiones precipitadas.

O tal vez lo que debía hacer era dejar de pensar en Nikos. Tenía que poner en práctica el desapego, y no solo en lo referente a aquel hombre, sino también a su embarazo.

Ya había sufrido lo suficiente con la muerte de sus padres, su hermana y su abuelo como para exponerse a que le volvieran a romper el corazón. Aquel bebé no era suyo. No era su hijo. Nunca lo sería.

Finalmente se quedó dormida, pero la mañana llegó demasiado pronto, y al despertar no se sentía lista para volver a ver a Nikos.

«Barreras y distanciamiento» se dijo mientras se vestía tras tomar una ducha.

«Barreras y distanciamiento», se repitió cuando, unos minutos después, Nikos llamó a su puerta.

Supuso una conmoción verlo en la penumbra del pasillo. Vestía pantalones y camisa negra y, aunque ella era alta, se sintió diminuta ante él.

Nikos la miro de arriba abajo.

–Haz el favor de calzarte con algo más práctico que esas botas.

Georgia dejó escapar una incómoda risa.

–¿Lo dices en serio? –preguntó, incrédula–. Son prácticamente planas.

–Los tacones miden por lo menos cuatro centímetros. Corres el peligro de torcerte el tobillo o romperte el cuello.

–No sé con qué clase de patosas habrás salido en el pasado pero...

–Tú y yo no estamos «saliendo» –interrumpió Nikos–. Solo eres una madre de alquiler. Cámbiate de calzado.

Georgia fue incapaz de contener la risa.

Por el modo en que se oscureció la expresión de Nikos fue evidente que no esperaba aquella reacción, lo que hizo que Georgia dejará escapar otra risa a pesar de sí misma.

¿De verdad esperaba aquel hombre que lo obedeciera ciegamente? ¿Estaría acostumbrado a que las mujeres se plegaran a sus órdenes?

Era evidente que no sabía con quién estaba tratando. Las hermanas Nielsen no se dejaban amilanar fácilmente. Savannah y ella no eran conocidas precisamente por su timidez o docilidad. Hijas de unos misioneros noruego-estadounidenses, habían viajado con sus padres de misión en misión antes de perderlos junto con el resto de su familia en un terrible ataque cuatro años antes. Georgia y Savannah habían luchado juntas contra el terrible dolor que había supuesto aquella horrible experiencia y habían emergido de esta aún más fuertes que antes.

Y Nikos debía estar al tanto de aquello.

A fin de cuentas la había elegido a ella entre miles de posibles donantes de óvulos y potenciales madres de alquiler. El señor Laurent le dijo que Nikos había estudiado muy atentamente su perfil, pues tenía muy claro lo que buscaba en todos los aspectos.

–Te has reído –dijo Nikos, totalmente serio.

–Sí, me he reído, y volveré a hacerlo si sigues comportándote como un bárbaro. Puede que me hayas contratado como madre de alquiler, pero tengo un buen cerebro y no necesito que me digas lo que tengo que hacer cada vez que me muevo.

–En ese caso, tu «buen cerebro» y tu sentido común deberían haberte hecho ver que ese calzado no resulta nada práctico.

–Son unas botas con un pequeño tacón –Georgia alzó la mano y marcó un pequeño espacio entre el índice y el pulgar–. Pequeño.

Nikos dejó escapar un profundo suspiro.

–Eres tan exasperante como un niño.

–No sé qué experiencia habrás tenido con niños, pero pareces un experto denigrando a las mujeres...

–No estoy denigrando a las mujeres en general. Estoy hablando de ti.

–Supongo que te sorprenderá saber que no me interesa tu atención. Y tampoco quiero tu compañía. Eres insufriblemente arrogante. No cuesta mucho entender por qué vives en una roca en medio del mar. ¡Nadie quiere ser tu vecino!

–Yo creo que tú disfrutas peleando.

–No disfruto peleando, pero tampoco estoy dispuesta a plegarme dócilmente a las órdenes de nadie, y menos aún si esas órdenes son absurda. No me gustan los conflictos, pero no pienso dejarme avasallar por ti –Georgia se puso en jarras–. Tú has empezado esto, y lo sabes. Me hablas como si fuera tonta...

–Te estoy ayudando.

–Me ayudarías dejándome tranquila. Yo no te digo cómo comer o hacer ejercicio. No te digo cómo vestirte ni qué calzado usar...

–Yo no estoy embarazado.

–Eso es cierto. Soy yo la que está embarazada, y cuando me disgusto me sube la tensión, mis hormonas cambian y el bebé se siente afectado por todo ello. ¿Crees que es bueno para tu hijo que me disguste? O, ya que es tu hijo, puede que le guste una buena pelea.

La mirada de Nikos se oscureció.

–No me gustan las peleas, ni a mi hijo tampoco.

–En ese caso, no las provoques.

–Creo que necesitas comprometerte con la situación en que te encuentras.

–Eso he hecho. ¡Estoy aquí! –exclamó Georgia a la vez que señalaba a su alrededor con un amplio movimiento del brazo–. He dejado mi casa en Atlanta para ser tu huésped durante tres meses y medio y he renunciado a todo para hacerte feliz. Creo que tú también podrías esforzarte un poco en hacerme feliz a mí.

Nikos respiró profundamente para tratar de controlar sus caóticas emociones.

–Ten por seguro que no vamos a pasar así los próximos tres meses y medio. Este es mi hogar, mi santuario. Es donde vivo para mantener la calma, el control...

–¿Y tanto te costaría ceder un poco de ese control? –interrumpió Georgia, furiosa–. ¿Eres incapaz de dejarme algo de espacio para respirar?

–Acabas de llegar.

–Exacto. Y ya has derribado la puerta de mi cuarto como un bruto.

–Y me he disculpado.

Georgia bufó.

–No te has disculpado. Simplemente has hecho que la arreglen. Y ahora estás bloqueando la entrada de mi habitación con tu corpachón mientras me sermoneas sobre la calma y el control comportándote como una especie de hombre lobo enloquecido... –Georgia se interrumpió para tomar aire rápidamente–. El señor Laurent debería habérmelo contado todo. No debería haberme vendido el cuento de lo listo y exitoso que eras. No debería haberte retratado como el brillante empresario que se supone que eres. Debería haberme dicho la verdad. ¡Que eres una auténtica pesadilla!

Georgia supo que había ido demasiado lejos en cuanto vio el destello que brilló en la mirada de Nikos. Pero ella también estaba demasiado alterada como para dejarlo.

–Tienes razón –dijo, sin aliento–. Esto no está funcionando. Olvidemos el paseo. Ya lo daré yo sola. Será mejor que tu vayas por tu camino y yo por el mío –añadió antes de cerrar de un portazo.

Por unos segundos experimentó una especie de salvaje sensación de victoria. La descarga de adrenalina que recorrió su cuerpo la hizo sentirse orgullosa por el modo en que había resuelto la situación, sin mostrar las más mínima cobardía o debilidad. Esperaba que aquello le sirviera de lección a aquella especie de...

De pronto la puerta se abrió y Nikos entró en la habitación hecho un basilisco, pálido como un muerto.

Georgia dio varios pasos atrás mientras veía como avanzaba hacia ella.

–¿Qué haces? –exclamó, temblorosa–. ¡Sal de aquí! ¡Esta es mi habitación!

–No, *gynaika mu* –murmuró Nikos roncamente–. Al parecer necesitas algunas aclaraciones. Esta no es tu habitación. Es una habitación de mi casa que yo te estoy permitiendo utilizar. Esta es mi casa. Esta es mi habitación. Y tú eres la madre que he alquilado para tener a mi hijo.

Georgia sintió los intensos latidos de su corazón en los oídos mientras trataba de mantenerse firme en su terreno a pesar de que Nikos se había detenido a escasos centímetros de ella.

–Puede que sea tu casa, tu habitación, pero yo no te pertenezco, y jamás seré la posesión de ningún hombre.

–Has aceptado mi dinero...

–¡No vuelvas con eso!

–Así que hasta que des a luz eres mía.

–De eso nada. No soy tuya. Jamás seré tuya. De hecho, quiero llamar al señor Laurent ahora mismo. Creo que es hora de que aclaremos las cosas.

–No necesitas hablar con nadie.

–Claro que sí. Ya he tenido suficiente de tu hospitalidad, y me sentiría mucho más cómoda alojándome en algún hotel de Atenas.

–Ni hablar.

–No puedes obligarme a quedarme aquí.

–Claro que puedo. Eres mi responsabilidad. Estás bajo mi protección.

–¿Estás diciendo que no vas a dejar que me vaya?

Tras aquella pregunta se produjo un momentáneo y denso silencio. La mandíbula de Nikos se tensó a la vez que bajaba los párpados, que ocultaron la expresión de su mirada.

–Aquí estás segura –dijo con suavidad–. Más segura que en cualquier otro lugar de Grecia.

–Pero no me siento a salvo. No me respetas, y tampoco respetas mi necesidad de distancia y barreras.

Nikos frunció el ceño.

–Que yo sepa, hasta el momento no te he tocado ni te he amenazado.

–Constatar que ni siquiera sabes lo que es el respeto hace que mi cautela inicial estuviera totalmente justificada. La sensación de seguridad no es algo meramente físico. También es algo psicológico...

–¿Tu cautela inicial? –repitió Nikos–. ¿Qué quieres decir con eso? ¿No te sentías cómoda con la idea de venir aquí?

–Claro que no. No te conocía. Y sigo sin conocerte. Pero lo que he visto desde que he llegado no es precisamente alentador. Me siento como si el señor Laurent y tú me hubierais engañado...

–¿Engañado? ¿Acaso no has cobrado? ¿Y no has recibido una generosísima cantidad extra por venir aquí?

–Ahora que te he conocido no me parece suficiente. De hecho, pienso que ninguna cantidad habría bastado a cambio de tener que aguantar tus tonterías.

Nikos echó atrás la cabeza.

–¿Tonterías?

–Sí. Tonterías. Te estás comportando como un insufrible machista, como un matón...

–Ya basta, *gynaika*.

Georgina no sabía qué la estaba llamando Nikos en griego, pero, dada la condescendencia del tono con que lo estaba haciendo, le daba igual.

–Quiero utilizar el teléfono. Quiero llamar al señor Laurent.

–¿Y qué crees que va a hacer el señor Laurent?

–Conseguir un billete para que pueda marcharme de aquí.

–El señor Laurent trabaja para mí. Es mi abogado.

–Me prometió... –Georgia tragó convulsivamente mientras trataba de recordar lo que le había prometido el señor Laurent. Pero la mente se le había quedado en blanco.

–¿Qué te prometió mi abogado, Georgia? –preguntó Nikos al captar su incertidumbre.

Georgia respiró profundamente para tratar de calmar los latidos de su corazón.

–Me dijo que eras una buena persona. Y yo me lo creí. De manera que, o te vas ahora mismo de mi habitación o sabré que todo lo que me dijo era mentira –logró decir en tono claro, fuerte y autoritario. El tono adecuado para las emergencias.

Y estaba claro que Nikos Panos era una emergencia, especialmente teniéndolo tan cerca.

–Nadie se atreve hablarme con tanta impertinencia –murmuró Nikos roncamente.

–Puede que si alguien lo hiciera mejoraran tus modales.

–Ya basta –espetó Nikos–. El sonido de tu voz me agota. Y estoy seguro de que a mi hijo también –añadió antes de girar sobre sus talones y salir del dormitorio.

Georgia se dejó caer en el sofá del cuarto de estar y dobló las piernas bajo su cuerpo, completamente aturdida. Se sentía como si acabara de pasarle un camión por encima.

Nikos Panos no se parecía a ningún otro hombre que hubiera conocido hasta entonces, y esperaba no volver a conocer a nadie como él. No podía creer que se estuviera comportando de aquella manera con ella.

Al cabo de unos minutos, cuando llamaron a la puerta, aún estaba temblando, pero no a causa del miedo, sino de la conmoción. Por la firmeza de la llamada supo enseguida de quién se trataba.

–¿Sí? –dijo sin levantarse del sofá.

La puerta se abrió y Nikos permaneció en el umbral con expresión taciturna.

–¿Puedo pasar? –preguntó, tenso.

–Si ya hemos acabado de pelear...

Nikos avanzó lentamente hacia el sofá.

–A mí tampoco me gusta pelear.

Georgia no lo contradijo, aunque sí alzó una ceja.

Nikos comenzó a caminar de un lado a otro de la habitación, con el rostro enmarcado por su pelo revuelto.

–No soy un bárbaro –dijo finalmente–. No soy un cavernícola, ni un hombre lobo –añadió a la vez que se volvía hacia Georgia y cruzaba los brazos sobre su poderoso pecho–. Solo soy un hombre. Eso es todo.

Había algo diferente en su voz, en sus ojos. Algo casi vulnerable. Georgia sintió que se le encogía el pecho y que se le hacía un nudo en la garganta. Cuando no estaba enfadado, Nikos Panos era un hombre bastante guapo, y tal vez incluso atractivo. Pero gruñía y intimidaba mucho más de lo necesario.

–Lo siento si he herido tus sentimientos –dijo con cautela–, pero el mundo en que habitas aquí no es el mío. Tú conoces tu forma de vida, pero para mí es algo completamente nuevo. Para mí no es normal.

–En ningún momento he pretendido faltarte al respeto. Solo he tratado de ayudarte.

Georgia estuvo a punto de sonreír al pensar en cómo interpretaría Nikos la idea de ayudar.

–Puedo perdonarte casi todo, pero has sido deliberadamente cruel al decir que tu hijo está harto del sonido de mi voz.

Nikos siguió mirándola sin decir nada.

Georgia sintió que se le hacía un nudo en la garganta. Los ojos le ardían y el corazón le dolía. Si no tenía cuidado iba a ponerse a llorar, y ella no lloraba nunca. Al menos casi nunca. Y jamás delante de desconocidos. Ni de Savannah. Nunca había querido asustar a Savannah, y se enorgullecía de su fuerza.

Enlazó las manos sobre su regazo y parpadeó para alejar las lágrimas.

–Sabes que tu hijo vive en mi cuerpo. Aún ni siquiera sabe quién eres tú, Nikos. Lo único que conoce de momento es a mí. Mi voz. El latido de mi corazón. Y, para que lo sepas, le gustan mucho.

–Estoy seguro de que es así –dijo Nikos con suavidad–. Estoy seguro de que piensa que eres su madre.

Aquellas palabras fueron como un navajazo para Georgia.

Las lagrimas que trataba de contener alcanzaron sus ojos, y apartó la mirada a la vez que se mordía el labio inferior con fuerza para distraerse del dolor que acababa de causarle Nikos.

Tenía razón, por supuesto.

Totalmente.

Pero ella no se había permitido pensar en el poder de aquellas palabras hasta aquel momento. El bebé que llevaba dentro perdería a su madre, como ella había perdido a la suya...

Y aquello no era justo. Ni para el bebé, ni para nadie. Pero ella había tomado aquella decisión para poder ocuparse de su hermana. Dadas las circunstancias, era la única posibilidad que había tenido.

Parpadeó fieramente para tratar de secar las lágrimas.

–Y por eso estás aquí –añadió Nikos–. Para que mi hijo pueda conocerme, para que se acostumbre a mi voz, para que podamos establecer un lazo de modo que cuando te vayas no se sienta angustiado, porque me tendrá a mí, a su padre.

Georgia se quedó un instante sin aliento al escuchar aquellas palabras, que laceraron su corazón.

Nunca se había atrevido a pensar en aquello. Durante los pasados seis meses le había resultado fácil recordarse una y otra vez que ella no era una mujer maternal, que, a diferencia de Savannah y de Charlie, su hermana pequeña, jamás había jugado a las muñecas ni a las casitas. Ella siempre había sido la marimacho de la familia. Nunca había necesitado caricias, ni mimos, ni ternura. Ella era dura, fuerte. Siempre había preferido correr, saltar, nadar. Le encantaba competir. Se le habían dado bien todas las asignaturas en el colegio, especialmente las matemáticas, y cuando empezó a estudiar química descubrió otra afición favorita.

La vida tenía sentido en un laboratorio. Las matemáticas tenían sentido.

Las emociones y el corazón no lo tenían. No podían ser medidos, cuantificados, controlados.

De manera que siempre había tenido claro que no quería hijos. No había heredado el gen maternal, algo que no dejó de repetirse durante el tratamiento para quedarse embarazada.

Pero cuando supo que se había quedado embarazada experimentó una reacción con la que no contaba. Se sintió conmocionada, feliz... pero reprimió todo aquello centrándose en el futuro. Y su futuro era la medicina.

Concebir al bebé había sido un hecho meramente científico, calculado. Los pasos a seguir eran predecibles y estaban perfectamente planificados. Siempre había incertidumbres, por supuesto, como en cualquier embarazo, pero las cosas habían ido bien.

Al menos hasta el momento en que Nikos había abierto la caja de Pandora. De pronto el bebé se había hecho muy real, y aquella realidad le había hecho sentir miedo por él, por la vida que fuera a llevar...

Sin ella.

Se llevó instintivamente las manos al vientre, asustada. Aunque se hubiera esforzado por no pensar en el futuro del bebé que llevaba dentro, aquella no era la vida que había imaginado para él. Había aplacado cualquier preocupación diciéndose que iba a crecer en una familia inmensamente rica, una familia que podría darle todo lo necesario para llevar una vida privilegiada.

Pero en aquel momento no pudo evitar preguntarse si aquello sería suficiente.

«¡Basta! ¡Basta ya!», se reconvino. No podía entrar en aquello. No debía permitírselo. Ella no era más que un recipiente. Un útero. Había renunciado a todos los derechos sobre aquel bebé, que no era su hijo, sino el de Nikos.

–¿Estás llorando? –preguntó Nikos a la vez que se sentaba junto a ella en el sofá.

–No –replicó Georgia con toda la firmeza que pudo. Ella no lloraba. Ni siquiera recordaba la última vez que había llorado delante de alguien.

–Sí que estás llorando –Nikos la tomó por la barbilla y le hizo alzar el rostro con delicadeza para poder mirarla a los ojos–. ¿Qué sucede? Un momento estás riendo y al siguiente llorando. No entiendo.

Georgia tampoco entendía nada.

–Puede que se deba al jet lag.

–O a las hormonas del embarazo.

Georgia sentía en la barbilla el agradable calor que emanaba de los dedos de Nikos. No recordaba la última vez que la había tocado un hombre. Había tenido muchas citas, pero los exigentes estudios de medicina no le habían dejado nunca tiempo para una relación seria y, aunque lo hubiera tenido, ella no era de las que se metía en la cama con un hombre así como así. No se sentía cómoda desnudándose, mostrándose vulnerable. No se sentía cómoda exponiendo su cuerpo ni su corazón.

–Las emociones son más volátiles durante el embarazo –concedió mientras trataba de ignorar la creciente fuerza de los latidos de su corazón–. Normalmente no soy nada emocional.

–Al menos eso escribiste en la ficha que rellenaste.

–Y no lo soy –insistió Georgia–. Eres tú. Es el efecto que ejerces sobre mí.

Nikos frunció el ceño.

–¿Te doy miedo?

–No. Miedo no. Pero eres muy... intenso. Estoy segura de que me sentiría más tranquila si me concedieras un poco más de espacio –Georgia trató de utilizar un tono neutro al decir aquello, pero su voz surgió en un ronco susurró.

Al percibirlo, los oscuros ojos de Nikos parecieron destellar. La mano que sostenía la barbilla de Georgia se deslizó hacia su cuello y ella entreabrió instintivamente los labios con un gemido apenas audible.

No le gustaba aquel hombre, pero estaba claro que había una parte de ella a la que le gustaba su contacto. Una extraña sensación de placer recorrió su cuerpo.

No sabía si Nikos habría notado aquello, pero vio que fijaba la mirada en sus labios a la vez que le acariciaba ligeramente el cuello con los dedos, como si quisiera descubrir cómo reaccionaría.

Y Georgia siempre había sido demasiado sensible desde un punto de vista físico. Demasiado consciente del placer. Y sintió el placer que estaba recorriendo su cuerpo. Volvió a gemir, conmocionada ante la constancia de las sensaciones que estaba experimentando.

–No eres la madre de alquiler que esperaba –murmuró Nikos a la vez que retiraba su mano y se levantaba.

Georgia agradeció que se apartara. Necesitaba espacio para respirar, para despejar su mente.

–Voy a cambiarme de calzado –dijo débilmente–. ¿Te importa salir?

–Te espero tras la puerta.

–No voy a caerme mientras me cambio, Nikos.

–No pienso correr riesgos.

La villa era grande, de tres plantas, y parecía pegada a la montaña, como si hubiera surgido de la roca volcánica sobre la que se erigía. Cada una de las plantas tenía una amplia terraza propia con vistas al mar.

–Originalmente fue una fortaleza que los comerciantes de la Edad Media utilizaron como almacén. Durante el Renacimiento fue convertida en un monasterio. Ahora es simplemente mi casa –explicó Nikos mientras salían del comedor para entrar en una antigua capilla que en la actualidad era una habitación llena de estanterías–. Mi biblioteca. Puedes venir a estudiar aquí cuando quieras.

Georgia pensó que podría gustarle estudiar allí, y no solo por la belleza de la habitación, sino también por lo acogedora que resultaba.

Tras ver la casa salieron a los jardines. Había pocas plantas y flores, ya que en aquella parte de las Cícladas apenas llovía, pero sí había una gran profusión de arbustos y cipreses que bordeaban sus numerosos senderos.

Georgia jamás lo habría admitido ante Nikos, pero agradeció haberse cambiado de calzado, pues varios de los senderos eran de grava, y otros estaban irregularmente empedrados.

Quince minutos después de haber salido regresaron hacia la casa por el lado trasero y llegaron a una gran piscina cuyas cristalinas aguas centelleaban bajo el sol. En ambos extremos había varias tumbonas y varios limoneros ofrecían su sombra en una cuidada zona plantada de césped.

–Anoche mencionaste que estaba climatizada –dijo Georgia.

Nikos asintió.

–Me encanta nadar y suelo hacerlo todo el año –explicó mientras abría la puerta de una caseta de madera que había en un lateral–. Aquí hay toallas, albornoces, una ducha y una sauna. Aunque la sauna está prohibida para ti –añadió.

Georgia lo miró con expresión reprobatoria.

–No hace falta que digas eso. Soy muy consciente de lo que debo y no debo hacer durante el embarazo.

–¿Porque estudias Medicina?

–Porque estudio Medicina, porque me he molestado en leer todo lo necesario al respecto y porque escucho y sigo los consejos de mi médico –Georgia metió las manos en los bolsillos traseros de sus pantalones–. Y hablando de médicos, necesito estudiar un poco.

–El señor Laurent me dijo que tu examen es a finales de junio. ¿No te parece un poco precipitado teniendo en cuenta que darás a luz a finales de mayo o principios de junio?

–Si estudio no habrá ningún problema.

Nikos se limitó a asentir antes de girar sobre sí mismo para encaminarse de nuevo al interior de la casa. Georgia lo siguió en silencio hasta la planta en que estaban sus dormitorios. Mientras avanzaban en silencio por el pasillo lo miró de reojo y percibió que su expresión se había vuelto más taciturna. Necesitaba entender a aquel hombre o, de lo contrario, los siguientes tres meses iban a ser una pesadilla.

–¿Por qué estás haciendo esto? –preguntó cuando se detuvieron ante la puerta de su dormitorio–. Seguro que hay formas más cómodas, fáciles y baratas de ser padre.

–Quiero un hijo, no una esposa.

–¿Tan terribles son las esposas?

–Estuve casado. El matrimonio no es para mí.

–Tal vez, una esposa diferente...

–No –interrumpió Nikos en tono cortante–. No estoy hecho para casarme. No sería un buen marido.

–Puede que seas un poco áspero, pero seguro que tienes cosas buenas. Tienes un gran instinto de protección, quizá excesivo...

–No sabes cómo es mi verdadero yo.

–¿No?

–No.

Aquello despertó la curiosidad de Georgia. Nikos le recordaba a una especie de rompecabezas o ecuación que debía resolver.

–¿Y cómo es el verdadero «tú»?

Nikos dudó un momento.

–Agresivo –buscó la mirada de Georgia antes de añadir–: Carnal

Aquella respuesta, pronunciada en un tono profundo y ronco, hizo que Georgia se acalorara de los pies a la cabeza. «Carnal».

No recordaba la última vez que había escuchado a alguien pronunciando aquella palabra. Resultaba tan... bíblica.

Aún estaba devanándose los dedos en busca de algo adecuado que decir cuando Nikos asintió brevemente, giró sobre sus talones y se marchó.

Capítulo 5

NIKOS avanzó por el pasillo con los puños cerrados. Necesitaba alejarse cuanto antes del dormitorio de Georgia.

Sabía por qué le había dicho aquellas cosas sobre sí mismo. Había pretendido que fueran una advertencia para que se asegurara de mantener las distancias, pero sus palabras no habían asustado a Georgia.

En todo caso habían tenido el efecto contrario. De hecho lo había mirado con expresión de evidente intriga. Pero no debería sentirse intrigada. Necesitaba saber con quién estaba tratando.

Él había marcado a Elsa, la había roto, y no quería volver a hacer nada parecido a ninguna otra mujer. Había renunciado a las mujeres, al amor, a la pasión. Sin embargo estaba decidido a ser padre, a romper la maldición, si es que la había...

Tal vez entonces sanarían sus heridas.

Tal vez entonces tendría la esperanza de un futuro. De una nueva vida.

Faltaban tres meses y medio para que su hijo estuviera allí. Tres meses y medio para poder cerrar la puerta a su pasado. A Elsa.

Cuando el bebé estuviera allí ya no habría dolor, ni Elsa. Habría esperanza.

Era posible que él fuera el diablo reencarnado, pero, al parecer, incluso el diablo podía ser padre. Y él siempre había querido ser padre. Desde pequeño. Había querido una familia, quizá porque siempre se sintió solo de pequeño. Se había casado con Elsa convencido de que tendrían hijos, pero las cosas no habían salido como esperaba.

Al día siguiente Nikos mantuvo las distancias, consciente de que Georgia tenía que estudiar y él debía ocuparse de sus negocios. Pero por la tarde envió aviso a su habitación para que acudiera a la terraza a beber y picar algo.

Cuando subió ya estaba allí, con un ligero vestido gris melocotón y el pelo sujeto en una trenza lateral. Al bajar la mirada vio que calzaba unas botas grises con un pequeño tacón.

Si le hubiera dicho a Elsa que nada de tacones, jamás habría vuelto a calzar más que zapatos lisos. Evidentemente, Georgia no era Elsa

Estuvo a punto de sonreír sin saber muy bien qué era lo que encontraba divertido. Tal vez era tan solo alivio por constatar que Georgia no era Elsa.

Pero antes de que pudiera saludarla o ofrecerle una bebida, Georgia se levantó del asiento que ocupaba y se encaminó hacia él con su portátil en la mano.

–No he conseguido conectarme a internet en toda la mañana. Necesito que me enseñes el truco para hacerlo, o que me digas la clave.

–No hay truco. Solo hay una conexión por satélite, y no es nada fiable. A veces no hay manera de conectarse, y otras deja de funcionar durante horas.

Georgia se quedó boquiabierta.

–¿Y qué haces tú para conectarte?

–No lo hago.

–¿Nunca?

–Casi nunca.

–¿Y cómo es posible? Yo utilizo internet para todo.

Nikos se encogió de hombros.

–Cuando no tienes acceso a algo aprendes a vivir sin ello.

–Supongo que en Atenas sí tendrás acceso.

–Sí.

–¿Y por qué no lo tienes aquí?

–Grecia tiene más de seis mil islas y islotes, y tan solo doscientos están habitados. El gobierno no podría hacer frente al impresionante gasto que supondría instalar los cables y la fibra óptica necesarios para tener una conexión fiable.

–¿Y cómo manejas tus negocios desde aquí sin internet?

–Tengo un teléfono para reuniones y emergencias, y el correo llega una vez a la semana, o con más frecuencia si surge una emergencia. Suponía que mi abogado te habría informado de que debías traerte todos tus libros de estudio y de que te convenía descargar en el disco duro de tu ordenador todo lo que pudieras necesitar.

–Y así lo hice.

–Entonces puedes estudiar.

–Sí, pero hay muchas fuentes que consultar online.

Nikos volvió a encogerse de hombros.

–Supongo que tendrás que estudiar como en los viejos tiempos.

Georgia entrecerró los ojos, irritada.

–Esto no es ningún juego. Estoy hablando en serio.

–Y yo no estoy bromeando. Solo te estoy diciendo lo que hay. Y no puedes contar con internet.

Georgia giró sobre sí misma y se apartó unos pasos de Nikos. Luego respiró profundamente.

–También he notado que no tienes televisión ni radio. ¿O están escondidas en algún sitio?

–No tengo televisión ni radio.

Georgia volvió a sentarse.

–No tienes nada para pasar el rato, para divertirte un poco.

Parecía tan descorazonada que Nikos casi sintió lástima por ella.

–No lo necesito. Me gusta pensar. Leo. Trabajo.

–Eres un ermitaño.

–Me gustan la tranquilidad y el silencio.

–Casi da miedo comprobar lo aislado que vives.

–No da miedo, y ya sabes que tengo un teléfono vía satélite si lo necesito –dijo Nikos mientras avanzaba hacia el aparador en el que estaban las bebidas–. ¿Quieres algo?

–Sí, un billete de avión para Atenas.

Nikos alzó una ceja con expresión burlona.

–¿Se trata de algún cóctel típico de tu tierra?

Georgia lo miró unos segundos sin decir nada.

–Saber muy bien que no.

–¿Qué te apetece beber?

–No tengo sed.

–Te sentirás mejor estando hidratada –Nikos sirvió zumo en un vaso y a continuación se lo ofreció a Georgia–. Granada con naranja.

Georgia aceptó el vaso, pero lo dejó en la mesa sin probarlo.

–¿Y nunca sales de aquí?

–Hace un año que no viajo.

–Y... ¿cómo cumpliste con tu... parte para tener al bebé?

–El equipo médico vino aquí.

–¿Y qué pasara cuando yo necesite una revisión? En Atlanta me hacía una revisión mensual.

–El médico acudirá a la isla cada cuatro semanas para verte.

–¿Puedes permitirte traer a un médico en avión y no puedes permitirte tener internet?

–Ya te he dicho que instalar un cable de fibra óptica podría costar millones de dólares. ¿Tan trágico te resulta no tener internet? ¿Te parece un castigo estar apartada de la sociedad?

Georgia permaneció un rato en silencio. Luego tomó un sorbo de su vaso y asintió lentamente.

–Está muy bueno –dijo–. Y, por si te interesa saberlo, a diferencia de muchas otras chicas estadounidenses, crecí sin internet, televisión ni radio. A veces éramos afortunados con contar con electricidad. No cuentas con muchos lujos siendo hija de unos misioneros.

–En ese caso te resultará fácil sobrevivir aquí sin todo eso.

–Por supuesto. Pero no se trata de eso, sino de si quiero o no quiero estar sin internet. Y no quiero.

–Ya te acostumbrarás.

–La gente también se acostumbra a estar en la cárcel.

En aquella ocasión fue Nikos el que se quedó mirándola en silencio. Georgia parpadeó con expresión inocente y luego sonrió.

Pero su sonrisa no tuvo nada de inocente.

Unas horas después, mientras cenaban, Nikos contempló a Georgia a la luz de las velas que iluminaban la mesa y algunos rincones de la terraza.

Apenas estaban hablando mientras comían, pero a Nikos le parecía que a Georgia no le importaba. No parecía la clase de persona que necesitara estar charlando todo el rato, algo que él agradecía.

Al principio de su matrimonio Elsa había interpretado sus silencios como un indicio de que estaba enfadado, o disgustado por algo. Él había tratado de explicarle que ya era así desde niño, pues se había criado como hijo único en una familia muy estricta. Para cuando llegó a la adolescencia ya se había adaptado a sentirse cómodo estando con sus propios pensamientos. El silencio le daba la oportunidad de resolver problemas, como por ejemplo ayudar a salvar el negocio familiar. Su padre nunca fue un hombre de negocios perspicaz y tomó decisiones que resultaron muy perjudiciales para la empresa.

De no haber sido por las medidas que tomó Nikos cuando se hizo cargo del negocio a los veinticuatro años, la familia se habría arruinado cuando la crisis asoló la economía del país. Tenía veintiséis años cuando se casó y veintiocho cuando enviudó.

Tras la muerte de Elsa se retiró a Kamari y llevaba viviendo cinco años en un aislamiento casi total. También había dejado de viajar, pues sus cicatrices llamaban la atención y no le gustaba ser observado. Acudía lo menos posible a sus oficinas en Atenas y dirigía la empresa desde la isla.

No había ninguna mujer en los cargos directivos de su negocio, algo completamente deliberado. No quería que lo acusaran de imponer su voluntad a ninguna mujer, y no quería que estas cotillearan sobre su rostro.

Sabía que estaba marcado.

Sabía lo que la gente decía de él.

Que era una bestia. Un monstruo. Un animal.

Un hombre lobo. Aquello era lo que le había llamado Georgia. *Lykánthropos*.

Aquella sí que era buena. Debía recordarlo para echar unas buenas risas algún día con su hijo.

–Nikos.

Al oír su nombre, Nikos volvió a prestar atención a Georgia, que se había inclinado hacia él desde el otro lado de la mesa.

–¿Sí?

–Quiero una cerradura en mi cuarto –Georgia dijo aquello con tanta calma como determinación.

Nikos gruñó interiormente al escucharla y lamentó que su abogado no hubiera sido más sincero con él. El señor Laurent le había dicho que Georgia era un dechado de inteligencia y belleza, un mezcla perfecta de Atenea y Afrodita. Pero se había equivocado. En realidad se parecía mucho más a Artemisa, que tenía el espíritu más independiente, la diosa de la caza, la naturaleza y el nacimiento.

–Ya hablamos de eso ayer, y ya sabes por qué no quiero que haya cerradura en tu puerta.

–Y yo necesito que comprendas por qué quiero una –insistió Georgia–. Sé que para ti no tiene sentido, porque para la mayoría de los hombres no lo tiene, pero no duermo bien si no me siento a salvo, y no me siento a salvo.

–¿A pesar de saber que aquí no hay nada ni nadie que pueda hacerte daño?

–Seguro que tu también tienes temores irracionales. Tener una cerradura en la puerta me da una sensación de control que me permite sentirme más a salvo.

–No pretendo restar importancia a tus temores irracionales, pero ya sabes por qué hice quitarla. Tengo que poder entrar en tu cuarto si es necesario.

Georgia extendió un brazo y apoyó su mano en la de Nikos, sobre la mesa.

Nikos estuvo a punto de dar un respingo ante la sensación que le produjo el contacto. Su miembro se endureció al instante a la vez que su sangre parecía entrar en ebullición. Bajó la mirada hacia la pálida y esbelta mano de Georgia. Se vio a sí mismo quitándole el vestido, deslizando una mano por su piel color miel mientras ella permanecía tumbada y desnuda sobre su cama.

Apretó los dientes hasta que rechinaron.

Aquella mujer le hacía desear cosas...salvajes, duras, ardientes. Le hacía desear hacer todas las cosas que Elsa nunca quiso. Sexo. Pasión. Piel.

Retiró la mano con toda la delicadeza que pudo y se esforzó por controlar sus pensamientos. Georgia lo había pillado desprevenido. Y no era solo el contacto de su piel lo que le había afectado, sino también su audacia.

Artemisa.

El ardiente deseo que estaba experimentando era algo completamente nuevo después de haber pasado tantos años sintiéndose como muerto.

A fin de cuentas, la idea de una cerradura en la puerta del dormitorio de Georgia podría no estar tan mal.

–Podrías tener una llave –añadió Georgia con suavidad–. Por si surge una emergencia. Pero solo tú. No me fio de nadie más.

Nikos estuvo a punto de reír al escuchar aquello.

–¿Te fías de mí?

–Eres el padre de mi... –Georgia se interrumpió y tragó con esfuerzo–. De este bebé –dijo a la vez que apoyaba la mano en su vientre–. Debo confiar en ti, ¿no te parece?

La cerradura quedó instalada aquella misma noche.

Ya era más de medianoche cuando Georgia fue a su dormitorio, pero durmió muy bien. No tuvo ninguna pesadilla. Afortunadamente, no soñó nada.

Pero Nikos apenas logró pegar ojo.

Pasó horas reprendiéndose. No debería haber llevado allí a Georgia. Debería haber esperado al final del embarazo. Pero aquello aún tenía remedio. Podía enviarla en avión a su casa en Atenas y esperar a que llegara el momento. Su servicio se ocuparía de ella y la atendería como era debido mientras estuviera allí.

Pero entonces él no podría estar atento a lo que pudiera sucederle. No podría protegerla si surgía algún problema.

Y por eso había decidido que fuera a Kamari.

Lo que debía hacer era reprimir su deseo. Debía controlar la atracción que sentía por ella, y lograría hacerlo si no apartaba a Elsa de su mente.

Él había aplastado a Elsa. No podía hacerle lo mismo a Georgia.

A la mañana siguiente, cuando Georgia despertó, agradeció haber dormido bien, pero no logró acallar la ansiosa vocecilla interior que no paraba de recordarle lo que había estado a punto de decir la noche anterior.

«Mi bebé».

Afortunadamente se había contenido a tiempo, y no creía que Nikos lo hubiera notado.

Pero el problema era que ella sí lo había notado.

¿De dónde había surgido aquel pronombre posesivo? Nunca había sido su bebé y nunca lo sería.

Al parecer, no se sentía tan desapegada como había querido creer.

Decidida a silenciar la molesta vocecilla, pulsó el timbre que había junto a su cama para avisar al servicio. Cuando una de las empleadas acudió y llamó a la puerta, le abrió y le pidió que le llevara el desayuno al dormitorio.

Tras comer en la mesa de su sala de estar, retiró la bandeja y sacó sus libros. Estudió toda la mañana y al mediodía decidió tomarse un descanso para ir a nadar un rato a la piscina. El día anterior había hecho treinta largos y ese día quería hacer cuarenta. Probablemente así lograría aplacar la ansiedad que sentía.

Con la esperanza de que las únicas causantes de su ansiedad fueran las hormonas, salió de la casa y fue al vestuario adyacente a la piscina a tomar unas gafas y una tabla. Luego se metió en el agua.

Llevaba ya veinte largos y estaba descansando un momento en uno de los extremos de la piscina cuando vio que Nikos se lanzaba al agua desde el otro.

Tan solo captó un destello de su cuerpo antes de que se sumergiera en el agua, pero le bastó para comprobar que tenía un cuerpo magnífico, moreno y equilibradamente musculado.

Cuando emergió del agua a media piscina y comenzó a nadar, demostró estar en plena forma.

Georgia experimentó un revoloteo en la boca del estómago y decidió seguir nadando. Afortunadamente, Nikos ocupaba la calle del otro lateral de la piscina. Pero, a pesar de que había espacio de sobra para ambos, Georgia empezó a sentirse más y más consciente de sí misma cada vez que se cruzaban.

Apenas hacía unos minutos que Nikos se había lanzado al agua, pero ya había hecho más de seis largos con un estilo impecable. Estaba claro que era un gran nadador y, al cabo de un rato, Georgia se encontró contemplándolo en lugar de nadando. Estaba impresionada con la calidad y fuerza de su brazada, que le hizo pensar que en algún momento de su vida debía haber competido profesionalmente.

Agradeció que Nikos no le estuviera prestando atención. Finalmente, molesta consigo misma por lo mucho que le estaba distrayendo observarlo, nadó hacia las escaleras.

De pronto, Nikos apareció a su lado.

–¿Ya has terminado?

Georgia se sentó rápidamente en el escalón de en medio para ocultar su figura. Normalmente no era nada mojigata, pero se sentía como desnuda con el bañador, sobre todo por el cambio que estaba experimentando su figura. Sus pechos habían crecido, su cintura se había redondeado...

–Sí –dijo, nerviosa, aunque sin saber por qué–. ¿Tú nadas a diario? –añadió, para tratar de llenar el silencio.

–Lo intento. Me gusta poder hacerlo todo el año.

–Nadas muy bien.

–Me siento más tranquilo después de nadar. Baja mi nivel de tensión y agresividad.

Georgia contempló el perfil de Nikos, consciente de que solía cuidarse de mostrarle siempre el lado que no tenía marcado.

–¿Siempre has sido... agresivo? –preguntó, dudando de que aquella fuera la palabra adecuada.

–No. De niño era muy tímido y introvertido.

–¿Qué te hizo cambiar?

Nikos abrió la boca para contestar, pero tan solo se encogió de hombros.

–Algo debió ocurrir para que cambiaras –insistió Georgia.

–Crecí. Me hice un hombre.

Georgia reprimió el impulso de alargar una mano hacia él para hacerle volver el rostro.

–Tu hijo será muy afortunado si es tan guapo como tú.

Nikos se volvió a mirarla con el ceño fruncido y una expresión casi hostil.

–¿Estás bromeando?

Georgia parpadeó, sorprendida.

–No. Eres un hombre muy guapo y atractivo, Nikos.

–Me estás tomando el pelo.

–No.

–Sé lo que soy –la oscura e intensa mirada de Nikos buscó la de Georgia–. Sé lo que me llamaste. *Lykánthropos* –añadió con una burlona mueca–. Fue toda una novedad, pero encaja.

–No he entendido la palabra.

– *Lykánthropos* quiere decir hombre lobo.

Georgia sintió una punzada de culpabilidad al escuchar aquello.

–No lo dije en ese sentido. No tenía nada que ver con tus cicatrices.

–No pasa nada. Como ya he dicho, encaja con mi aspecto.

–No me refería a eso.

–Me han llamado cosas peores.

Georgia negó con la cabeza.

–No me refería a tu rostro ni a tus cicatrices. Fue tu forma de llenar el umbral de mi puerta, de dominar el espacio... La energía que emanaba de ti era tan intensa, tan física. Eres tan físico... –la voz de Georgia se fue apagando al ver que Nikos ni siquiera la estaba escuchando–. Lo siento.

–No lo sientas. Ahora ya sabes por qué nado. Tengo mucha energía. Me han dicho otras veces que soy demasiado físico y desagradable para los demás. No quiero ser desagradable para nadie. No me educaron para hacer que las mujeres se sintieran incómodas.

Por un instante Georgia fue incapaz de respirar o decir nada. Los ojos le ardían y sentía una ternura imposible invadiendo su corazón.

De algún modo, todo cambió entre ellos en aquellos momentos. De algún modo, sentía que ella era la agresora, que ella estaba cazando a Nikos...

–Creo que han sido injustos calificándote de ese modo –dijo finalmente–. A mí no me pareces tan agresivo como piensas que eres. De hecho, me parece que eres más protector que agresivo.

–Eso es porque no me conoces bien.

–¿Por qué te consideras agresivo?

–Tengo una personalidad demasiado contundente, demasiado enérgica.

–Eso es cierto. ¿Pero qué es lo que haces en concreto para ser considerado agresivo? ¿Gritas, pegas, zarandeas? ¿Amenazas a las mujeres?

–¡No! ¡Claro que no! Eso sería horrible.

–Entonces ¿qué haces? ¿Te muestras hostil hacia otras personas?

–Trato de evitar a la mayoría de la gente. Por eso vivo aquí. Es mejor así para todo el mundo.

–¿Pero incluso estando aquí necesitas nadar para manejar la tensión y la agresividad?

–Tal vez debería haber dicho que nadar me ayuda a quemar el exceso de energía.

–Energía suena mejor que agresividad –la brisa sopló con más intensidad y Georgia se sumergió un poco más en el agua para no enfriarse–. Tú y yo hemos chocado desde el principio, y no estoy de acuerdo con algunas de tus reglas, incluyendo tus recomendaciones sobre mi calzado, pero no te describiría como alguien hostil, sino como una persona asertiva, firme y enérgica.

–¿No significan en inglés lo mismo «asertivo» y «agresivo»?

–Para mí son diferentes. Asertivo significa fuerte,

enérgico, con carácter, pero la agresividad es algo más negativo. La agresividad implica falta de control, además de una hostilidad desagradable.

Nikos esbozó una extraña sonrisa.

–Según tu definición, prefiero ser asertivo que agresivo.

–Pero la agresividad no tiene por qué tener siempre un matiz negativo. De hecho, en medicina, a veces un tratamiento agresivo es el mejor tratamiento. En medio de una batalla es necesaria la agresividad. Cuando uno se enfrenta al cáncer hay que utilizar un ataque agresivo.

–Casi parece que me estás dando permiso para ser agresivo.

–Sí, si tiene sentido que lo seas. Supongo que en el mundo de los negocios también es necesaria la agresividad. Los negocios de éxito son raramente complacientes. Lo mismo debe ocurrir con las personas que tienen éxito.

Nikos se pasó una mano por el pelo y los músculos de su brazo se marcaron con contundente claridad contra su piel.

–No dejas de sorprenderme –dijo con voz ronca–. No eres lo que esperaba. Eres más –volvió el rostro y Georgia pudo ver las cicatrices que siempre trataba de ocultar–. Mi hijo es muy afortunado por tenerte como su... madre.

Georgia sintió una punzada en el corazón al escuchar aquello. Trató de sonreír para ocultar el dolor y el repentino pánico que había experimentado.

«Madre... su madre».

¿Por qué había dicho eso Nikos? ¿Por qué? Sintió que algo en su interior trataba de liberarse, de gritar, de estallar.

Ella no era la madre de aquel niño. No era su madre. Había renunciado a aquel derecho para siempre, y había hecho lo correcto. No estaba preparada para ser madre y menos aún para ser una madre soltera con la carrera de medicina a medio acabar.

Se irguió y salió de la piscina.

Se secó rápidamente antes de ponerse el albornoz con manos temblorosas. Tuvo que esforzarse por mantener el control mientras ataba el cinturón en torno a su cintura. No podía dejarse llevar por el pánico. No debía.

–Nos vemos esta noche –dijo antes de encaminarse rápidamente hacia la entrada de la casa.

Los dientes le castañetearon mientras caminaba. Estaba asustada. No le gustaba aquella sensación. El embarazo lo había cambiado todo, incluyendo a sí misma.

Sus sentidos del gusto y del olfato habían cambiado. Sus emociones eran más intensas, y sus estados de ánimo más volátiles.

Y se encontraba en medio del mar Egeo, en una isla privada, sin apenas posibilidades de comunicarse o distraerse de lo que estaba sucediendo. Y lo que estaba sucediendo estaba empezando a hacerle perder el control, la calma.

Iba a tener un bebé y iba a desprenderse de él antes de marcharse.

¡Cielo santo! ¿Qué había hecho?

¿Cómo había podido llegar a creer que podría hacer algo así?

Capítulo 6

AQUELLA tarde volvieron a reunirse al atardecer en la terraza, cuando ya se estaba poniendo el sol.

Georgia había pasado el resto del día sintiéndose confusa, preocupada por la sensación de estar perdiendo la perspectiva. Había aceptado hacer aquello pensando en el futuro de Savannah, y también en el suyo, pero ese futuro se estaba volviendo cada vez más y más sombrío. Se sentía emocional y descentrada, una mala combinación de sensaciones. Debía dominar sus pensamientos. Debía controlarse. Podía resultar peligroso permitir que sus hormonas la dominaran. Debía recordar sus metas, centrarse en sus objetivos. Quedaba mucho por delante: el parto, su examen, la búsqueda del puesto adecuado en el hospital adecuado...

–¿Quieres más zumo? –preguntó Nikos, interrumpiendo los repetitivos pensamientos de Georgia.

–No, gracia. Así estoy bien –contestó mientras contemplaba las impresionantes vistas del sol hundiéndose en el horizonte en una bruma de irreales rosas, amarillos y naranjas–. Que puesta de sol tan increíble. Cada atardecer es distinto.

–Por eso me gusta subir aquí cada noche. Por eso vivo aquí, rodeado de belleza, sin la locura que asola al resto del mundo.

Georgia volvió el rostro para mirar a Nikos, al que

ya empezaba a ver como un hombre muy distinto al que se había encontrado el primer día.

–¿A qué locura te refieres?

–A las ciudades, al ruido, a la gente. A los cotilleos.

Georgia frunció el ceño al escuchar aquello último.

–No entiendo...

Nikos sonrió burlonamente.

–Y mejor que sigas así. No tienes por qué entender. A fin de cuentas ya no estarás aquí dentro de un par de meses. No es tu problema.

Georgia permaneció en silencio, pensativa. Nikos era un hombre desconcertante. Empezaba a pensar que probablemente estaba tan marcado en su interior como en su rostro. Y aquello le hizo cuestionarse si sería una persona lo suficientemente equilibrada como para criar a un hijo.

¿Estaría capacitado para ser un buen padre? Le preocupaba que llevara una vida tan antisocial, tan aislada.

Aunque no pudiera cambiar los términos del contrato que había firmado, tal vez sí podía ayudar a que aquello cambiara. A que Nikos cambiara. O, al menos, podía ayudar a preparar a Nikos para que fuera el mejor padre posible. Pero lograr aquello implicaría pasar más tiempo con él, no menos.

Supondría centrarse en quién era realmente, en lograr hacerle bajar la guardia, en conseguir que se abriera emocionalmente a ella.

Tenía poco más de tres meses por delante. ¿Bastaría aquel tiempo para seguir con sus estudios y para ayudar a Nikos?

Solo tenía que elaborar un plan. Haría lo mismo que siempre había hecho con sus estudios: obtener toda la información posible, empaparse de ella, memorizar cada hecho, cada detalle, y repasarlo todo al final de cada día para asegurarse de no haber pasado nada por alto.

Hacer aquello podría suponer un consuelo para cuando llegara el momento de marcharse después de haberle entregado el bebé a Nikos. Tal vez así acabaría sintiéndose mejor con su decisión.

Tal vez aquella era la pieza que faltaba.

Tal vez.

Georgia no durmió bien aquella noche. Cuando despertó aún no había amanecido y en la habitación hacia un intenso frío a pesar de que ella se sentía ardiendo y notaba el camisón pegado contra su húmeda piel.

Había tenido aquel viejo sueño, aquella pesadilla en que perdía a su familia y luego perseguía a Savannah por el bosque en medio de la noche, tratando de alcanzarla para evitar que la encontraran los rebeldes, consciente de que en cualquier momento podían matarla también a ella. Lloraba mientras corría y había alguien cerca con un gran machete. Ella rogaba por su vida porque estaba embarazada...

Entonces fue cuando despertó.

Estaba teniendo la vieja pesadilla, pero con la novedad de que estaba embarazada.

Tal vez porque estaba embarazada.

Se irguió en la cama y respiró profundamente varias veces para tranquilizarse, abrumada por el pesar y la desesperación.

Las cosas no estaban yendo como se suponía que debían ir. Empezaba a experimentar ataques de pánico, y ya era demasiado tarde para ello.

Pero no quería ser madre. No podía serlo.

Encendió la lámpara de la mesilla de noche y miró la

hora. Eran las cuatro y media de la mañana. Consciente de que no iba a volver a dormirse, se planteó la posibilidad de ir a la cocina a prepararse un té. La actividad le vendría bien y le distraería de la pesadilla que acababa de tener.

Bajó de la cama, se puso un grueso jersey sobre el camisón y, tras calzarse las zapatillas, salió al pasillo. La cocina estaba en la planta baja y, aunque conocía el camino, nunca había llegado a entrar.

Comprobó que no había microondas, de manera que tardó un rato en encontrar todo lo que necesitaba. Unos minutos después, mientras esperaba a que el agua comenzara a hervir en el recipiente que había puesto al fuego, sus pensamientos regresaron al sueño que acababa de tener. Era un sueño horrible. Pero al menos era solo un sueño, no como lo que le sucedió a su familia.

Durante aquellos últimos seis meses se había repetido una y otra vez que su embarazo tampoco era algo malo porque, a fin de cuentas, estaba llevando una nueva vida al mundo.

Se había convencido de que estaba haciendo algo bueno; estaba ofreciendo un regalo a Nikos Panos. Era consciente de que su madre y su padre no habrían aprobado su decisión, pero ya no estaban allí. Charlie, su hermana pequeña, tampoco estaba allí. Sus abuelos, que estaban de visita en África cuando se produjo la rebelión, tampoco estaban allí. Savannah y ella eran las únicas que quedaban, y dada la tragedia que había tenido lugar, ¿no era algo bueno crear vida?

¿No era un auténtico milagro poder ofrecer un nuevo bebé al mundo?

–¿Va todo bien?

Georgia se sobresaltó al escuchar a sus espaldas la grave voz de Nikos. Al volverse golpeó con un codo el mango del recipiente que estaba en el fuego.

Nikos mascullό algo en griego que sonó a maldición, la tomó por los hombros para apartarla del fogón y apagó el fuego.

–Siéntate –ordenó–. ¡Has estado a punto de quemarte!

–Me has asustado –dijo Georgia, pero agradeció poder sentarse mientras Nikos vertía el agua en la taza–. He tenido una pesadilla y he decidido venir a prepararme un té para distraerme. Siento haberte despertado, pero he tratado de no hacer ruido.

–Tengo el sueño muy ligero.

–En ese caso lo siento aún más.

La sonrisa con la que Nikos se volvió a mirarla hizo que el corazón de Georgia latiera más rápido. Resultaba devastadoramente atractivo cuando sonreía. Lo cierto era que encontraba a aquel hombre fascinante, y sus cicatrices solo hacían que quisiera conocerlo mejor, pues añadían un matiz de misterio a su personalidad. ¿Cómo se las habría hecho? ¿Y por qué vivía en aquella remota isla, apartado del mundo?

–¿Cómo te hiciste esas quemaduras?

Nikos se volvió a mirarla por encima del hombro. Parecía más sorprendido que enfadado por la pregunta.

–Es una vieja historia sin interés.

Georgia no lo creyó ni por un instante.

–Tengo la sensación de que es muy interesante.

–No para mí –Nikos se acercó para dejar la humeante taza de té en la mesa–. ¿Quieres leche y azúcar?

–¿Tienes miel?

Nikos abrió un armario alto que había a su derecha y, tras rebuscar un poco, sacó un bote de miel que dejó junto a la taza con una cucharilla

–¿Por qué tienes pesadillas?

Georgia comprendió que estaba pidiendo un intercambio de información.

–Ya te conté que perdí a mi familia en África.

–En realidad no. Solo dijiste que habías perdido a tu familia –Nikos le dedicó una atenta mirada antes de añadir–. Encuentro interesante el tema.

–De manera que si te hablo de mis pesadillas tú me contarás cómo te quemaste ¿no?

–Si me hablas de tus pesadillas, yo te hablaré alguna vez de mis quemaduras. Pero no ahora mismo.

–¿Por qué?

–Vas a tener que confiar en mí.

Georgia removió su té con expresión pensativa.

–De acuerdo –dijo finalmente, ligeramente incómoda con el acuerdo, aunque también consciente de que podía ser una manera de empezar a llevar a cabo la tarea que se había propuesto.

Tras respirar profundamente, continuó hablando.

–Las pesadillas comenzaron hace poco más de cuatro años, después del asalto. Tenía veinte años y estaba estudiando mi último año en la universidad. Mi hermana Savannah había ido a visitarme a Atlanta y estábamos buscando un instituto en el que pudiera estudiar, de manera que no estaba en la misión cuando tuvo lugar el ataque. Afortunadamente, ella se libró –Georgia bajó la mirada hacia su té y permaneció callada mientras batallaba contra la punzada de dolor que laceró su corazón–. Murieron todos –susurró–. Mis padres, mis abuelos, mi hermana pequeña... Todos murieron en los terrenos de la iglesia.

Fue horrible decir aquello en alto, y el silencio que siguió a sus palabras estuvo cargado de dolor, de tristeza.

–¿Cómo son tus pesadillas? –preguntó Nikos al cabo de un momento.

Georgia parpadeó con fuerza, decidida a mantener la calma.

–Estoy allí y se supone que tengo que salvar a mi familia. Y no puedo –alzó el rostro para mirar a Nikos, que estaba de espaldas contra la encimera, con los brazos apoyados a los lados. Parecía tan grande, tan fuerte, tan seguro de sí mismo, que sintió envidia. Envidia de su tamaño, de su fuerza, de su vitalidad. Las pesadillas siempre le hacían sentirse pequeña, débil y vulnerable.

–¿Es eso lo que has soñado esta noche?

–Más o menos.

–Cuéntame más detalles.

–Es demasiado triste –murmuró Georgia.

–Puede que hablar de ello te sirva de alivio.

–¿Te sirve a ti de alivio hablar del accidente en el que sufriste las quemaduras? –preguntó Georgia con un matiz de dureza.

–No.

Georgia tomó un sorbo de su té. Estaba muy caliente y casi le quemó la lengua. Volvió a sentir la punzada de las lágrimas en los ojos. Parpadeó una vez más con fuerza, decidida a no llorar.

–¿Qué sucede? –preguntó Nikos.

–El té está muy caliente.

–No es eso.

Georgia bajó la mirada.

–Ahora lamento haberte contado lo del ataque...

–Si te sirve de consuelo, apenas has contado nada. No me has dicho qué pasó, ni quién lo hizo, ni si los arrestaron después.

–Odio hablar de ello.

–¿Por eso no constaba esa información en tu ficha de donante?

–No hay motivo para que la gente lo sepa. Savannah

tiende a ser más abierta sobre el tema, pero yo me enfado si hablo de ello.

–¿Te enfadas? ¿Por qué?

–Mis padres sabían que su trabajo era peligroso. Sabían que corrían riesgos. Pero una cosa era que arriesgaran sus propias vidas y otra que arriesgaran la de mis hermanas. Charlie solo tenía doce años. No debería haber estado allí. Debería haber estado protegida.

–¿No decías que carecías de instinto maternal?

Georgia movió la cabeza con un gesto de impaciencia, lamentando haber compartido aquello con Nikos.

–Creo que me voy a llevar el té a la habitación. Si tengo suerte, podré dormir otro rato –se levantó y tomó la taza, pero estaba temblando y tuvo que sujetarla con ambas manos para que no se le cayera.

Nikos se acercó a ella, le quitó la taza y la dejó sobre la mesa antes de tomarla de las manos.

–Estás temblando.

–Los echo de menos –las lágrimas que Georgia había logrado contener hasta aquel momento se desbordaron. Volvió el rostro para tratar de ocultarlas.

–Los amabas.

–Muchísimo...

Georgia no supo como sucedió, pero de pronto se encontró con el rostro alzado hacia Nikos, cuyos labios se posaron sobre los de ella.

Fue imposible saber cuáles eran sus intenciones, si el beso pretendía ser solo de consuelo, porque, en cuanto sus labios se tocaron, Georgia experimentó una sacudida tan intensa como si hubiera tocado un cable de alta tensión. Las sensaciones que recorrieron su cuerpo le produjeron un intenso y tórrido estremecimiento y, cuando Nikos le hizo entreabrir los labios con la lengua, sintió que las piernas se le volvían de gelatina.

Hacía mucho que no se besaba con nadie. Ni siquiera recordaba cuándo había sido la última vez. Cuando Nikos pasó una mano tras su cintura y la estrechó contra su cuerpo, Georgia sintió que la sangre ardía en sus venas y que las sensibles cimas de sus pechos se excitaban y endurecían contra la tela del camisón.

Sabía que no debería desear aquello, que no debería gustarle, que tendría que empujar a Nikos, apartarlo de su lado, pero había una pequeña parte de su mente que se sentía fascinada por lo que estaba sucediendo.

Aquel beso no se parecía a ningún otro de los que había experimentando hasta entonces. Era sorprendente, eléctrico...

Era pura química.

Cuando Nikos deslizó una mano hacia arriba y tomó en ella uno de sus pechos, la necesidad casi salvaje que experimentó le hizo gemir contra su boca. Para tratar de aliviar sus sensaciones, presionó sus pechos contra él.

De pronto, Nikos se apartó de ella y masculló algo en griego.

Georgia habría apostado lo que fuera a que se trataba de una maldición y, cuando lo miró y vio su expresión, comprendió que estaba arrepentido de haberla besado.

Sin pensárselo dos veces, giró sobre sí misma y prácticamente salió corriendo de la cocina.

Una vez en su cuarto, cerró la puerta con llave y se apoyó de espaldas contra esta, temblorosa.

¿Qué acababa de suceder?

Nunca había sentido nada tan intenso, una mezcla de placer, ansiedad y algo indefinible que aún recorría su cuerpo en oleadas.

Deseo. Lujuria. Necesidad.

Inspiró profundamente para tratar de calmarse, de

despejar su mente, pero aún podía sentir su cuerpo presionado contra el de Nikos, su lengua acariciándola, su sabor...

Sabía a calor, a miel, a regaliz...

Nunca había saboreado nada parecido. Y quería más...

Nikos salió a correr cuando estaba amaneciendo. Era lo que solía hacer cuando se sentía inquieto, cuando no podía pensar con claridad.

Se obligó a correr hasta la cima de la montaña, donde hizo además varios sprint aprovechando la pista de aterrizaje.

Para cuando terminó estaba exhausto. La bestia que habitaba en su interior había sido sometida. Podía regresar a la casa sin temer por la seguridad de Georgia.

No podía hacerle daño. No debía asustarla. No debía alterarla ni disgustarla con su apetito sexual.

La deseaba. Sobre eso no tenía ninguna duda, pero no podía derribar abajo su puerta para tomar en su boca uno de sus pezones, para besarla hasta que separara sus muslos para él.

De niño se había sentido fascinado por el sexo. De joven había descubierto que se le daba bien practicarlo, que satisfacía a las mujeres, que les hacía suspirar, jadear, correrse. Jamás había llegado a pensar que el sexo pudiera gustarle en exceso. No se le pasó por la cabeza aquella posibilidad hasta que se casó con Elsa y llegó a la conclusión de que en realidad no se conocía a sí mismo como creía.

Al principio pensó que solo necesitaba tiempo para acostumbrarse a la vida de casado, pero las cosas no hicieron más que empeorar. Elsa cerraba los ojos cuando la besaba, apartaba el rostro cuando la penetraba y contenía el aliento a la espera de que acabara de satisfacer su «lado animal».

Nikos se había enamorado de una mujer que no lo amaba y a la que ni siquiera gustaba. La relación fue un desastre desde el comienzo y, para cuando todo terminó, se despreciaba totalmente a sí mismo.

Y ahora tenía en su casa a la doble de Elsa, embarazada de su hijo, y la había besado... y el beso había sido increíblemente poderoso, electrizante.

La deseaba con auténtica voracidad. Pero no podía tenerla. Incluso un monstruo como él debía comprender que estaba fuera de sus límites.

Capítulo 7

AQUEL beso lo había cambiado todo.

Georgia comprendió enseguida que la posibilidad de una saludable amistad entre ellos se había esfumado. Nikos la estaba evitando como a una plaga, y ni siquiera volvieron a verse en la terraza al atardecer.

Tres días después del beso, Georgia decidió ir a buscarlo. Al no encontrarlo en la casa, preguntó a una empleada del servicio si sabía dónde estaba. La mujer le dijo que probablemente habría salido a correr.

Georgia salió a dar un paseo, decidida a encontrarlo. Finalmente lo localizó en uno de los senderos más escarpados de la montaña. Era evidente que había estado corriendo porque aún jadeaba ligeramente y tenía la camiseta completamente empapada.

–¿Qué haces aquí fuera? –preguntó Nikos secamente cuando se detuvo ante Georgia.

Ella se encogió de hombros. No estaba dispuesta a decirle que había salido a buscarlo.

–Quería caminar y tomar un poco el aire.

–Este no es precisamente uno de los senderos más adecuados para pasear. No deberías alejarte tanto de la villa.

–Estamos a menos de quince minutos andando de la casa.

–Aquí nadie podría oírte si necesitaras ayuda. Tienes que permanecer...

–Basta ya. No pienso hacer esto contigo.

Nikos entrecerró los ojos.

–No sabía que tuvieras opción de hacerlo o no hacerlo.

Georgia estaba harta de aquel comportamiento.

–Estoy empezando a comprender por qué has necesitado un vientre de alquiler para conseguir un heredero. Ninguna mujer habría estado dispuesta a tener un hijo contigo.

Nikos movió un dedo admonitorio ante los labios de Georgia.

–¿La boca solo te sirve para mostrarte insultante?

Georgia le habría mordido el dedo si hubiera podido.

–¿Quién te crees que eres? –preguntó, indignada.

–Tu anfitrión durante los próximos tres meses –murmuró Nikos a la vez que se inclinaba ligeramente hacia ella–. Yo en tu lugar me esforzaría por ser un poco más cordial.

Georgia apoyó una mano contra su pecho para apartarlo de un empujón, pero apenas logró alejarlo unos centímetros.

–Espero que no todos los hombres griegos sean tan brutos y primitivos como tú.

Nikos esbozó una sonrisa carente de humor.

–No te estoy pidiendo que seas sumisa. Solo quiero que trabajes junto a mí.

–¡Y lo estoy intentando! ¿No te das cuenta? Por eso estoy aquí ahora. Por eso he salido a buscarte... –Georgia se interrumpió en seco al darse cuenta de lo que acababa de decir.

Nikos lo había escuchado, pero se limitó a observarla en silencio. Georgia sintió la energía que emanaba de él, que la envolvía. Sus negros ojos decían cosas que sabía que no iba a decir en alto. Desde el primer instante había habido una química especial entre ellos, pero aquella química se había transformado en una llama.

Nikos la deseaba. La encontraba atractiva. Y aquella atracción era mutua. Ella también lo encontraba físicamente deseable. Pero aquel deseo era mera lujuria. Nada más.

Estaba segura de que si se dejara llevar, Nikos colmaría con creces su sensualidad, su necesidad sexual. Pero eso sería todo. No iba a querer una relación más allá del nacimiento de su hijo. Ni ella tampoco. No había futuro para algo así.

La atracción que sentía era muy potente, pero tan solo se trataba de una distracción que pasaría con el tiempo.

Sin embargo, aquella distracción podría resultar incluso adecuada. No quería nada de Nikos excepto aquello... las chispas, el calor.

–Estás jugando con fuego –murmuró él como si hubiera leído sus pensamientos.

Georgia experimentó un estremecimiento de excitación, de anticipación. Pero también se sentía nerviosa. No quería provocar a Nikos, ni retarlo. Solo quería sentir su calor, su energía, que hacían palpitar su corazón y hervir su sangre.

Pero no debía olvidar por qué estaba allí. Debía recordar quiénes eran y qué estaba pasando. Todo acto tenía sus consecuencias.

–No estás segura, ¿verdad? –Nikos la tomó por un brazo y la atrajo hacia su cuerpo.

Georgia apenas opuso resistencia mientras la rodeaba con sus brazos. Quería que volviera a besarla. Quería comprobar si aún sabía a miel, a regaliz, a él. Y sentir el calor que emanaba de su duro cuerpo le hizo desear estar desnuda para sentir directamente el contacto de su piel. Pero entonces ya no habría quien detuviera aquello.

Jamás había deseado a un hombre como deseaba a Nikos. Aquello no tenía sentido. No había motivo para aquel deseo tan intenso. Tal vez se debía a las hormonas del embarazo. Tal vez...

Pero sus pensamientos se esfumaron cuando Nikos inclinó el rostro y la besó en la comisura de los labios.

–No me has contestado –murmuró sin apartar los labios de ella–, lo que me hace pensar que no estás segura de que esto sea buena idea.

–No –logró contestar Georgia a pesar del placer que estaba experimentando. No quería que Nikos dejara de besarla, pero tampoco podía mentirle–. No estoy segura.

Nikos irguió la cabeza para mirarla.

–Menos mal que alguien está pensando con claridad –dijo a la vez que le acariciaba la mejilla con el dorso de la mano.

–Pero no con la suficiente claridad...

–Lo que me hace pensar que no deberíamos estar haciendo esto. Nunca me aprovecharé de ti.

–No lo estás haciendo.

–No estoy seguro de eso –Nikos dio un paso atrás–. Deberíamos volver.

Georgia no sabía cómo lograba hacer aquello. Conectar y desconectar el calor a su voluntad. Ella aún sentía las piernas de gelatina.

Caminó en silencio junto a él mientras regresaban a la casa. Nikos la dejó ante la puerta de su dormitorio y se marchó sin decir palabra. Georgia entró y cerró rápidamente, más que para evitar que a Nikos se le ocurriera entrar, para retenerse a sí misma dentro.

Prácticamente se arrojó a la cama y enterró el rostro en la almohada para sofocar sus sollozos. Ni siquiera sabía por qué estaba llorando, pero sentía que algo en su interior estaba cambiando, que algo trataba de liberarse.

Emoción. Control. Temor. Pesar.

Estaba perdiendo la cabeza. Nikos la estaba volviendo loca. No recordaba a ningún hombre que la hubiera afectado tanto. Quería pensar que se debía a lo arrogante y insufrible que era, pero sabía que eso no era todo.

No era su aspecto, ni su físico.

No era la química.

Era él.

El duro y fiero alfa herido en algún momento de su vida que estaba decidido a vivir solo, apartado del mundo...

Pero aquello no estaba bien. Nikos merecía algo mejor. Y el bebé también merecía algo mejor. El bebé merecía una familia... una madre...

El bebé...

Se llevó la mano vientre y lo acarició como para tranquilizarlo. Pobre bebé...

Sus ojos volvieron a llenarse de lágrimas.

¿Qué había hecho?

Aquella tarde no subió a la terraza. No pudo. Estaba demasiado afectada, demasiado abatida.

Todo se estaba desmoronando. Ella se estaba desmoronando.

Había empezado a sentir y la realidad de aquellos sentimientos estaba resultando abrumadora.

Había firmado docenas de contratos. Había asegurado que estaba preparada para renunciar a sus derechos como madre porque estaba ayudando a alguien a cumplir su sueño de ser padre.

Pero ahora que había conocido al padre...

A las diez y media alguien llamó a su puerta y dijo a través de esta que dejaba una bandeja con algo de comer en la mesa que había en el pasillo.

Pero Georgia no tenía hambre y no se molestó en salir. En lugar de ello decidió darse una ducha. Después se puso un pijama y se metió en la cama con sus libros, decidida a distraerse de algún modo.

Media hora más tarde volvieron a llamar y supo que era Nikos. Se levantó y fue abrir. Al verlo en el umbral sintió que su corazón se encogía de un modo extraño. El mero hecho de tenerlo ante sí hacía que se sintiera aturdida.

Nikos alzó una ceja.

–Tienes un aspecto terrible –dijo a la vez que la miraba de arriba abajo.

–Gracias –replicó Georgia con toda la ironía que pudo.

–Has estado llorando.

–Sin parar –Georgia se permitió mirar a Nikos con tanta atención como él la estaba mirando a ella–. ¿Por qué vistes siempre de negro? ¿Acaso eres un rebelde, o un fuera de la ley?

Nikos ignoró el sarcasmo.

–No has comido nada.

–No tengo hambre.

–Puede que tú no, pero seguro que el bebé sí.

–El bebé está perfectamente.

La expresión de Nikos se ensombreció.

–No hagas eso.

Georgia alzó levemente la barbilla.

–Lo único que hago es tratar de sobrevivir, y te aseguro que no es fácil. Tú no eres precisamente fácil.

–Nunca dije que lo fuera.

–Gracias. Ese comentario ha supuesto una gran ayuda.

Nikos se volvió para tomar la bandeja, entró con ella en la habitación y la dejó sobre la mesa.

–Come –dijo a la vez que señalaba la silla.

Georgia no se movió.

–No quiero comer. No me siento capaz de hacerlo.

–No te lo estoy preguntando. Te lo estoy ordenando.

–¡Eso no va a ayudar!

–¿Y qué ayudaría?

–No lo sé, pero desde luego, no que te comportes como un matón. Eso solo servirá para enfadarme aún más.

–Y no queremos eso –dijo Nikos a la vez que pasaba un brazo tras su cintura y la atraía hacia sí.

Georgia experimentó un cálido estremecimiento al sentir sus pechos presionados contra el de Nikos y los fuertes muslos de este entre los suyos.

–Deja de luchar contra mí –murmuró él con voz ronca antes de besarla.

Fue un beso de castigo, de dominio, para recordarle que él era el jefe, el hombre, y que aquella era su casa. A pesar de todo, aquello no hizo más que intensificar la llama que se había encendido en el interior de Georgia.

Había pasado por demasiado en la vida como para permitir que alguien la tratara como a su felpudo. Nikos no iba a tomar nada de ella. Ella lo tomaría de él. Lo utilizaría. Transformaría su agresión en placer.

Se puso de puntillas, lo rodeó por el cuello con los brazos y entreabrió los labios para dar la bienvenida a su beso.

Nikos deslizó las manos hasta sus caderas y la sujetó con fuerza para hacerle sentir la urgente presión de su erección.

Incapaz de contenerse, Georgia dejó escapar un delicioso gemido de excitación.

Mientras Nikos introducía la lengua en su boca para acariciar con enloquecedora delicadeza la suya, Georgia se frotó contra él, anhelando intensificar el contacto, sentirse aún más cerca, más unida a él.

–Esto es una locura –murmuró Nikos a la vez que alzaba una mano para tomar uno de sus pechos y acariciarle el pezón con el pulgar.

El placer fue tan intenso que Georgia sintió que las piernas le temblaban. Nikos deslizó la mano hasta su cadera y luego hasta el interior de su muslo. Cuando apoyó la palma contra el sensible centro de su sexo y comenzó a acariciarla, Georgia tuvo que aferrarse con más fuerza a su cuello para no caerse.

Era una sensación maravillosa sentirse acariciada de aquel modo, y era evidente que Nikos sabía cómo hacerlo. Georgia cerró los ojos cuando introdujo la mano bajo el elástico del pantalón de su pijama y la deslizó tras la curva de su trasero. Sintió que su sexo se comprimía y se humedecía y frotó instintivamente sus pechos contra el de Nikos.

No llevaba nada debajo del pijama, y en lo único que lograba pensar era en cuánto le habría gustado sentir el contacto directo de sus pieles. Sentía una deliciosa mezcla de placer e insatisfacción, y quería más, pero Nikos no parecía tener prisa. Trató de ser paciente, de saborear la sensación de sus caricias en la sensible piel de su curvilíneo trasero, pero por dentro se estaba derritiendo y anhelaba encontrar la liberación.

Unos momentos después Nikos volvió a introducir

la mano entre sus piernas. Tras deslizar con enloquecedora lentitud un dedo a lo largo de su sexo, le entreabrió delicadamente los labios. Georgia comenzó a temblar de nuevo y tuvo que apoyarse contra él mientras sus pensamientos se volvían totalmente incoherentes y una intensa sensación de satisfacción se adueñaba de su cuerpo.

–Estás tan húmeda, tan caliente... –murmuro él a la vez que inclinaba la cabeza para morderle el cuello y luego besarla en el mismo sitió.

Siguió acariciándola hasta que ella prácticamente le clavó las uñas en el pecho. Entonces introdujo un dedo en su sexo y comenzó a moverlo con una habilidad que asombró a Georgia. Casi parecía saber lo que necesitaba incluso antes de que ella lo sintiera.

–Nikos –murmuró roncamente contra sus labios.

Él introdujo aún más profundamente su dedo y Georgia cimbreó las caderas sobre él a la vez que lo tomaba con ambas manos por el rostro y lo besaba casi con desesperación, como si estuviera tomando el último aliento que quedara sobre la tierra. Entonces, sin dejar de penetrarla, Nikos comenzó acariciarle delicadamente el clítoris con el pulgar.

Aquello bastó para que Georgia comenzara a estremecerse y alcanzara el clímax de manera casi repentina e intensísima. El orgasmo recorrió su cuerpo con una oleada tras otra de enloquecedor placer.

Después, durante casi un minuto, permaneció apoyada contra el pecho de Nikos, escuchando los fuertes latidos de su pecho mientras trataba de normalizar su respiración.

No sabía por qué era todo tan explosivo entre ellos, pero nunca había experimentado una química semejante con ningún otro hombre.

Finalmente logró apartarse un poco de él y lo miró, incapaz de pensar en nada que decir.

La mirada que le devolvió Nikos fue intensa, oscura, misteriosa. Su expresión manifestaba una mezcla de dureza y abatimiento.

–Dilo –murmuró, tenso, a la vez que sacaba la mano de entre las piernas de Georgia y le subía el pantalón.

–¿Qué quieres que diga? –preguntó ella, desconcertada.

–Que me he aprovechado de ti, que te he forzado, que te doy asco.

–Pero no me has forzado, y no me das ningún asco –Georgia alzó una mano para apoyarla contra el pecho de Nikos, pero él la sujetó por la muñeca para impedírselo.

Luego, sin decir nada, la soltó, giró sobre sus talones y salió dando un portazo.

Nikos se pasó dos días evitándola.

Georgia se dijo que no debería haberle sorprendido que se hubiera apartado de ella de aquella manera. Pero decirse aquello no bastó para hacerle asimilar con más facilidad su rechazo.

Lo que había sucedido en el dormitorio entre ellos había sido muy intenso, tanto física como emocionalmente, y aunque no podía negar que la reacción de Nikos le había dolido, estaba segura de que él tampoco lo estaba pasando bien.

Tenía que haber algún motivo para su empeño en vivir en aquella remota isla, alejado del mundo, de la gente. Ella se sentía rechazada, abandonada, pero no había duda de que él estaba luchando con sus propios demonios.

Finalmente, tras dos días de silencio y distancia, decidió salir a buscarlo. Lo encontró en lo alto de la montaña, en la pista de aterrizaje, corriendo. Lo estuvo observando casi cinco minutos sin que él la viera. Estaba haciendo carreras cortas a toda velocidad, como si lo estuviera persiguiendo el diablo.

¿Qué le habría sucedido? ¿Por qué sufría de aquel modo? Era evidente que se sentía culpable por algo. Y una actitud de autocastigo como aquella podía revertir muy negativamente en la educación de su hijo.

Avanzó por la pista hasta la zona por la que estaba corriendo Nikos, que se detuvo bruscamente al verla. Tenía la camiseta empapada de sudor y jadeaba. Miró un momento por encima del hombro de Georgia y luego volvió a centrarse en ella.

–¿Cómo has llegado hasta aquí?

–He venido caminando.

–Es una subida bastante empinada.

–Me lo he tomado con calma –Georgia se cruzó de brazos para protegerse de la fresca brisa que hacía en la cima.

Nikos la contempló con expresión distante, sin ninguna calidez.

Georgia se obligó a esbozar una sonrisa para reprimir las ganas de llorar.

–Estoy preocupada por ti, Nikos –dijo.

–No tienes por qué preocuparte por mí. Ni yo ni mis asuntos te conciernen.

–Mis pesadillas han empeorado.

Nikos frunció el ceño al escuchar aquello.

–¿Y yo formo parte de tus pesadillas?

–Anoche sí.

–¿Qué hacía?

–Nada. No hacías nada, y ese era el problema. El bebé

lloraba y lloraba y no lo tomabas en brazos ni lo consolabas, y yo solo podía observar lo que sucedía sin moverme...

–De manera que el sueño no tenía nada que ver con tu familia ni contigo.

Georgia sintió que se le encogía el corazón.

–Estoy preocupada por ti y por cómo serán las cosas cuando me vaya. No puedes huir de lo que sea que estés huyendo, Nikos. Hay que enfrentarse...

–No necesito sermones –interrumpió Nikos secamente.

Georgia suspiró.

–Me preocupa lo que veo. Hay momentos en los que noto que estás presente, atento, pero hay otros en los que te noto tan distante, tan lejos, que me asusta. No es esta la clase de vida que había imaginado para el bebé. No tienes familia y vives aquí completamente aislado. No creo que eso vaya a ser bueno para el niño.

–Tengo servicio.

–Eso está muy bien, al menos si no te importa que acaben convirtiéndose en su familia, abuelos, tíos...

–Son solo empleados.

–¿Y no quieres que tu hijo tenga algo más? ¿No quieres que tenga una familia que lo quiera y lo cuide?

–Yo lo querré y lo cuidaré.

–El amor implica estar presente y accesible. Pero en cuanto surge una dificultad tu tiendes a retirarte, a encerrarte en ti mismo. Y eso hará sufrir al niño.

–No deberías proyectar en él lo que sucede entre nosotros.

–¿Por qué no?

–Porque las cosas serán distintas.

–Tal vez. O tal vez no. Pero después de lo que he visto me preocupa que el niño no obtenga la suficiente atención cuando tú te aísles. Me preocupa que pueda sentirse solo. Debería tener a alguien más alrededor, Nikos, otras personas que lo quieran.

–Yo no crecí en la típica familia numerosa y tradicional. Mi hijo no echará nada de menos.

Georgia no dijo nada. ¿Qué habría podido decir?

–¿No me crees? –preguntó Nikos.

Georgia se encogió de hombros para tratar de ocultar su frustración.

–Los niños necesitan una comunidad. Necesitan sentirse seguros y protegidos.

–Yo me ocuparé de eso.

–¿Y si te sucediera algo? ¿Quién se ocuparía de él?

–No va a sucederme nada.

–¡Eso no puedes saberlo! No eres Dios. Eres un simple mortal, como...

–Creo que es hora de que dejes el tema, Georgia –interrumpió Nikos en tono cortante–. No sé a qué viene todo esto. A fin de cuentas el niño es mío, no tuyo. ¿O acaso sientes remordimientos por la decisión que tomaste?

Georgia estuvo a punto de reír al escuchar aquello. ¿Remordimientos? Lo cierto era que se sentía devorada por la culpabilidad. ¿Cómo había podido llegar a creer que podría hacer aquello, que podría concebir a un hijo para luego renunciar a él?

–Llevo a tu hijo dentro –dijo con toda la frialdad que pudo–, y lo protejo con cada aliento que tomo.

–Pero es «mi» hijo, no tuyo y, por tanto, no es algo de lo que debas preocuparte. Supongo que sopesaste adecuadamente las cosas antes de firmar el contrato y aceptar el dinero. Hace meses que renunciaste a tus derechos sobre el bebé y nunca podrás recuperarlos.

Georgia sintió ganas de abofetear el rostro de Nikos.

Era un hombre duro, implacable, odioso, y su arrogante tono encajaba con su expresión.

Tuvo que esforzarse para seguir ante él sin llorar o gritar. Trató de demostrarle con la mirada que no la asustaba, que solo lo veía como a un hombre, no como a un dios, un hombre que había sufrido y que había sobrevivido retando al mundo con su dureza, su frialdad, su intransigencia.

Y no estaba dispuesta a derramar una sola lágrima por alguien así. ¿Pero realmente iba a ser capaz de dejar en sus manos a un recién nacido?

–Estás enfadada –dijo Nikos.

–Estoy furiosa –replicó Georgia con la voz vibrante a causa de la emoción–. Y ofendida.

–¿Porque te estoy recordando los hechos? ¿Porque te obligo a reconocer la verdad?

–Porque convertiste el beso que nos dimos en mi habitación en algo feo y sórdido. Hiciste que me sintiera muy bien cuando me besaste y me acariciaste, pero de repente te apartaste de mí y te volviste odioso. Te has convertido en un monstruo, como el Minotauro en el laberinto. Ahora quieres aplastarme, pero no te lo voy a permitir. Puede que sea una mujer y que no tenga tu tamaño ni tu fuerza, pero sé que soy más fuerte que tú. No pienso desmoronarme. Y no pienso permitir que destroces a nuestro hijo.

Tras decir aquello, Georgia se dio la vuelta y se alejó rápidamente, casi corriendo, como si así pudiera escapar de Nikos, de la verdad.

Amaba al bebé que llevaba dentro.

Aquel bebé era suyo.

En cuanto llegó a su habitación y se detuvo, Georgia se sintió enferma, fría y acalorada a la vez, y experimentó unas náuseas incontrolables. Tuvo que correr al baño para no devolver allí mismo.

El corazón se le rompería si se veía obligada a renunciar al bebé. Nunca volvería a ser la misma, y no sabía cómo seguir adelante con aquello.

Y no se debía solo a la dureza y frialdad de Nikos. De hecho, aquello no tenía nada que ver con él, sino con ella misma. Amaba al bebé. Lo amaba y hablaba con él por las noches, y también le hablaba desde su corazón durante el día...

Comenzó a llorar mientras se vaciaba su estómago.

Después se aferró débilmente al borde del lavabo mientras trataba de recuperar el aliento. Pero las lágrimas no cesaron de manar. Había hecho un pacto con el diablo. A pesar de todos sus razonamientos, el precio que iba a tener que pagar por lo que iba a hacer era inasumible.

Se había repetido miles de veces que el bebé que llevaba dentro no era suyo, que no era su hijo, pero aquello no era más que una gran mentira.

Claro que el bebé era suyo.

Y lo amaba con todo su corazón.

–Esto no es bueno.

Georgia se volvió al escuchar la áspera voz de Nikos resonando en el baño. Frotó las lágrimas de sus ojos con la manga.

–¿Has vuelto a tirar la puerta? –preguntó roncamente.

–He utilizado la llave.

–Gracias.

Nikos desapareció del umbral y reapareció un instante después con un vaso de agua.

–Aclárate la boca y sal a hablar conmigo en el cuarto de estar cuando estés lista.

Georgia hizo lo que le había dicho y salió del baño. Nikos señaló el sofá.

–Siéntate.

Georgia habría querido decirle que no fuera tan mandón, pero no se sentía con energía suficiente para hacerlo, de manera que se limitó a sentarse. Nikos se sentó frente a ella con las manos en las caderas.

–No me gusta verte así. No es bueno...

–Para el bebé –interrumpió Georgia–. Soy consciente de ello. Yo tampoco quiero provocarle ninguna clase de tensión.

–Iba a decir que no es bueno para ti.

Georgia no supo qué contestar. Se limitó a mirar a Nikos mientras sentía el caos de emociones que latían en su interior.

–¿Qué está pasando aquí? –preguntó él–. No lo entiendo.

–¿Qué es lo que no entiendes? ¿Que me besaste y me acariciaste y luego te fuiste como si te repugnara? Creo que ya es hora de que hablemos de verdad, Nikos, sin intimidaciones, sin vergüenzas, sin amenazas. Háblame. Tengamos una conversación auténtica.

–Eso no se me da bien –replicó Nikos, reacio.

–Se mejora con la práctica, y aunque no quieras hacerlo por mí, hazlo por el bien de tu hijo. Él va a necesitar que no te encierres en ti mismo en cuanto te sientas amenazado.

–¡No me siento amenazado!

–Te aterrorizan las emociones.

–Eso no es cierto.

–Huyes de la intimidad como un adolescente asustado.

–¿Qué?

–Es cierto. Pero no tienes por qué temer los conflictos, Nikos. Mantener una conversación auténtica y sincera puede ser desagradable, pero no es el fin del mundo. No significa que tengamos por qué odiarnos o dejar de ser amigos.

–¿Somos amigos? –preguntó Nikos con una penetrante mirada de sus ojos negros.

Georgia tuvo que pensar un momento antes de contestar.

–Al menos creo que deberíamos serlo. Sería la única manera de superar esto, la única manera en que me sentiría capaz de seguir adelante.

–De manera que tienes dudas.

–No sé qué clase de mujer sería si no las tuviera. Siento al bebé moviéndose dentro de mí. Está dando unas patadas mientras hablamos. Cuando me voy a la cama se activa. Es como un juego... –la emoción hizo que Georgia se sintiera incapaz de seguir hablando.

Nikos se sentó a su lado y asintió lentamente.

–No te estoy poniendo las cosas precisamente fáciles, ¿verdad?

–Nada en esta situación es fácil –Georgia hizo un esfuerzo por sonreír–. No sé cómo vamos a salir de todo esto de una pieza.

–Me pones nervioso cuando dices eso.

–Y tú me pones nerviosa cuando te imagino aislando al niño del mundo. Prométeme que lo llevarás de viaje, que tendrá aventuras, que sabrá lo que es la vida fuera de Kamari.

Nikos la miró a los ojos.

–Lo prometo.

Georgia parpadeó para alejar las lágrimas.

–Bien.

–Y también seré un buen padre para él. Lo querré y lo protegeré.

–Solo eres realmente peligroso cuando te aíslas y desapareces en tu mundo. No me gustan tu aspereza ni tu frialdad cuando te enfadas, pero lo peor es tu distanciamiento emocional. Se parece mucho al rechazo, al abandono, y nadie quiere eso.

–Me he apartado de ti para no hacerte daño

–Solo me haces daño cuando te apartas. Has desaparecido durante dos días después del increíble momento que pasamos en esta habitación. Y eso duele. ¿Por qué hiciste algo así después de la intimidad que habíamos compartido? ¿Por qué me castigas?

–No te estoy castigando a ti, sino a mí mismo. Debería haber tenido más control. No debería haberme aprovechado de ti.

–No te aprovechaste de mí. Yo me aproveché de ti. Quería que hicieras todo lo que hiciste, y más –al ver el destello que iluminó la mirada de Nikos, Georgia asintió–. Me encantó lo que me hiciste. Eres increíble. Me hiciste sentir tan bien... Pero de repente te fuiste y me sentí muy avergonzada porque pensé que verme disfrutar de aquel modo te había asqueado...

–¡No! Claro que no. Te deseaba. Quería llevarte a la cama para desnudarte y...

Nikos se interrumpió y se paso una mano por el pelo.

Georgia esperó, pero supo que no iba a decir nada más.

–Discúlpame por ser tan franca, pero a mí eso me suena realmente bien.

–¿Y si te hubiera hecho daño?

–¿Mientras me hacías el amor? ¿Sueles estrangular o pegar a las mujeres?

Nikos la miró como si se hubiera vuelto loca.

–¡No!

–Entonces, ¿qué es lo que haces?

–Soy muy... carnal.

–¿Y eso es malo? –Georgia no sabía demasiado al respecto. El sexo era sexo y le gustaba, pero nunca había tenido una experiencia especialmente erótica–. ¿Se supone que debe escandalizarme?

–Te deseo. Quiero estar contigo. Quiero meterte en mi cama y tenerte allí horas, acariciándote, saboreándote, haciendo que te estremezcas de placer. Pero eso complicaría las cosas entre nosotros, y creo que ya están bastante complicadas, ¿no te parece?

Georgia sentía el pulso latiendo con fuerza en las venas. Y se le había secado la boca.

–Sí.

–Por eso trato de mantenerme alejado de ti, para no besarte, para no meter las manos bajo tu ropa y acariciarte donde quiero acariciarte, para no sentir tus jadeos mientras llegas...

Georgia abrió los ojos de par en par y tragó con esfuerzo. Se sentía caliente y húmeda entre las piernas.

–Te gusta el sexo.

–Desde luego –afirmó Nikos–. Pero tú me gustas aún más, y tengo que contenerme para hacer lo correcto.

–De manera que toda esta tensión se debe a que me estás evitando porque me deseas. Y yo me siento sola porque quiero estar contigo.

–No soy yo lo que te falta.

–Claro que sí. Me gustas, Nikos. Incluso cuando eres odioso.

–No puedo gustarte. Apenas me conoces.

Georgia alargó una mano y la apoyó en el brazo de Nikos.

–En ese caso, deja que te conozca.

–¿Y en qué nos ayudaría eso? Ambos sabemos que esto va a acabar.

–Exacto. Ambos sabemos que va a acabar. No voy a quedarme en Grecia. Mi mundo y mi vida están en Atlanta, y la tuya está aquí. Ninguno de los dos busca una relación. Solo tratamos de mantener la cordura, de sobrellevar lo mejor posible una situación realmente complicada y tensa.

–No tiene por qué ser tensa si cada uno permanece en un lado de la casa.

Georgia rio sin humor al escuchar aquello.

–¿Acaso soy la única realista que hay aquí? No voy a poder seguir así tres meses más.

–Pero debemos hacerlo.

Georgia bajó la mirada, embargada por un cúmulo de emociones que apenas lograba controlar.

–Podría volverme loca.

Nikos se levantó y se puso a caminar de un lado a otro de la habitación.

–Solo tendremos que esforzarnos más en mantener las distancias.

Georgia sintió que se le hacía un nudo en la garganta.

–Ya me siento muy aislada y sola. Me siento atrapada. No estoy acostumbrada a vivir así. Necesitamos un descanso, hacer algo que alivie esta situación. ¿No podríamos ir a algún sitio mañana?

–¿Has nadado hoy? Ayer no nadaste. Eso te sentaría bien.

–No quiero nadar.

–Siempre puedes dar un paseo.

–Ya estoy cansada de dar paseos –replicó Georgia, enfurruñada–. Me sé de memoria los senderos de la isla. Ya lo he visto todo. Necesito un cambio. Sácame de esta roca, por favor. Llévame a ver algo nuevo...

–Podrás ir a donde quieras en cuanto hayas dado a luz.

–¡Pero aún faltan tres meses!

–Creía que tenías que estudiar.

–Y estoy estudiando varias horas al día. Pero me siento presa. ¿No me dijiste que tenías un barco? Podríamos ir a Amorgós, o a Santorini. Necesito salir, ver algo...

–No.

Incapaz de contenerse, Georgia rompió a llorar.

–Necesito ver a alguien más, hablar con alguien. Ya he entendido por qué quieres huir de lo que hay entre nosotros, pero me siento sola. Me siento abrumada...

Nikos masculló una maldición en griego y volvió a sentarse a su lado.

–No llores –dijo con voz ronca a la vez que frotaba las lágrimas de las mejillas de Georgia con el pulgar–. Si lloras haces que quiera consolarte y besarte, pero si te beso no seré capaz apartarme de ti, de dejarte ir.

Capítulo 8

DOS DÍAS después fueron en lancha a Amorgós. Durante el trayecto, Nikos habló de las islas, de su milenaria cultura, de los volcanes aún activos que había en varias de ellas, como Milos, Santorini y Nisyros.

–Algún día deberías ir Santorini a visitar la excavación de Akrotiri, en Thera. Hay un museo en el que se exponen los objetos encontrados y algunos de los frescos más impresionantes que existen. Algunos historiadores opinan que Akrotiris es el lugar en que se basa la historia de la Atlántida de Platón.

–Me encantaría ir.

–Sería una pena que te lo perdieras. Podrías ir en junio, antes de regresar a los Estados Unidos.

–Ya sabes que me espera el examen. ¿Por qué no me llevas tú uno de estos días?

–No va a haber más salidas.

–No digas eso, por favor. Aún faltan tres meses. No puedes mantenerme encerrada todo ese tiempo en tu roca.

–Yo no voy a Santorini.

–Pero acabas de decirme que es un lugar fascinante.

–Y lo es. Al menos para otros. Pero yo no voy allí –Nikos miró un momento hacia el horizonte antes de añadir–: Y antes de que empieces a estropear con tus preguntas este día, deja que te diga que fue allí donde murió mi mujer. Nunca voy a Santorini.

Georgia enmudeció. Era la primera vez que Nikos mencionaba a su mujer, y lo había hecho sin el más mínimo rastro de ternura en la voz. Tan solo había percibido en su tono hielo. Y dolor.

Quería saber más, pero estaba claro que no era el momento. No quería estropear aquella excursión. Ya empezaba a sentirse mejor por el mero hecho de haber salido de Kamari y, aunque Amorgós solo estuviera a unos veinte kilómetros de esta, se sentía animada ante la perspectiva de poder pasear por el pueblo y ver a otras personas antes de regresar al barco.

Y resultó que había bastante más que hacer de lo que había creído en Katapola, el puerto principal de Amorgós. No había muchas tiendas, desde luego, pero le encantó pasear por las estrechas calles del pueblo, cuyas casas pintadas de blanco refulgían bajo la luz del sol con un cielo intensamente azul de fondo.

Pasearon por la bahía, llena de pequeños y coloridos barcos de pesca. El paseo que daba a esta estaba lleno de pintorescos cafés y tabernas, y Nikos propuso que entraran en una panadería para enseñarle las diferentes clases de pan y la repostería típica de la zona.

Georgia notó que la mujer que había tras el mostrador dedicó una fría mirada a Nikos cuando lo vio entrar, aunque él no pareció haberlo notado mientras pedía una selección de pasteles.

Tras salir a la calle, estaba a punto de preguntarle por el extraño comportamiento de la mujer cuando Nikos abrió la caja, sacó un pastelillo y se lo dio a probar.

–¿Y bien? ¿Está bueno?

Georgia se frotó las migas de los labios y sonrió.

–Está delicioso.

–Pensaba reservarlos para luego, pero son demasiado tentadores –Nikos sacó otro pastelillo, lo partió en dos y le dio la mitad.

Georgia no logró metérselo en la boca sin que prácticamente se le deshiciera entre las manos.

Nikos la miró con expresión divertida.

–Tienes los dedos llenos de miel.

–No por mucho tiempo –contestó ella, y siguió sonriendo mientras se lamía lentamente los dedos.

Al ver cómo se oscurecía la mirada de Nikos sintió que los latidos de su corazón arreciaban.

–Te ofrecería probar un poco –dijo–, pero no sé si resultaría apropiado.

–Te encanta torturarme.

–Desde luego –replicó Georgia, sin comprender por qué le estaba gustando tanto provocarlo.

–¿Por qué?

–Es divertido.

Nikos la tomó por el brazo mientras se alejaban de la entrada de la panadería y de un grupo de mujeres que los miraba con curiosidad.

–No es divertido –murmuró–. Apenas logro mantener las manos quietas cuando estoy a tu lado.

Georgia volvió a sonreír.

–Ya lo he notado.

–Estamos aquí para distraernos de todo eso.

–Con «todo eso» te refieres a nosotros dos, ¿no?

–Ya sabes a qué me refiero.

–Sí, pero todo lo que hay es «nosotros», juntos, y nos acompaña vayamos donde vayamos. No es Kamari. Además, no es precisamente una isla romántica, sino un trozo de árida roca.

–No tiene por qué ser romántica. Es mi hogar.

–Estás muy gruñón, Nikos. ¿Qué te pasa?

Nikos dejó de caminar y se situó frente a Georgia.

–Estoy deseando quitarte toda la ropa y acariciar cada centímetro de tu piel, y estás haciendo que me resulte prácticamente imposible olvidar cuánto te deseo.

–Pues no te esfuerces tanto.

–Georgia...

–Busca una habitación en algún sitio y hazme el amor. Puede que te sientas mucho mejor cuanto te liberes de esa necesidad.

–Basta –murmuró Nikos.

–Solo trato de ayudarte.

–Pues no me estás ayudando. Sé que hacerte el amor una vez no me bastaría. Simplemente me volvería más hambriento. Si quisieras ayudarme me estarías haciendo preguntas sobre la isla, sobre su pasado...

–Pero lo que me interesa eres tú. Quiero saber más sobre ti.

–Georgia –Nikos pronunció su nombre lenta y roncamente y, a continuación, como atraído por un imán, la rodeó con un brazo por la cintura y la atrajo hacia sí para besarla.

Fue un beso ardiente, de una brusca suavidad. Apenas tuvo que esforzarse para hacer que Georgia entreabriera los labios y buscar su deliciosa y cálida lengua.

Ella se estremeció y presionó su cuerpo contra el de él para disfrutar de la sensación de su musculosa y viril figura.

Una mujer mayor que pasó junto a ellos murmuró algo en griego y Nikos dio por concluido el beso. Su expresión era casi de arrepentimiento cuando se apartó de Georgia.

–¿Qué ha dicho? –preguntó ella, aún sin aliento.

–Que nos buscáramos una habitación.

Georgia dejó escapar una risita tonta.

–¿Lo ves? Te lo había dicho.

Nikos volvió a tomarla del brazo para reanudar su paseo.

–Estamos de visita turística y tengo intención de enseñarte todas las iglesias de la isla. Dentro de un par de horas comeremos algo y luego regresaremos a Kamari, donde pienso dejarte encerrada por tu propio bien.

Georgia volvió a reírse.

Nikos frunció el ceño.

–Hablo en serio.

–Ya lo sé, y eso hace que me gustes aún más –Georgia le palmeó el brazo como si fuera un niño al que estuviera reconviniendo–. Cuando no estás gruñendo o dando órdenes eres un hombre muy agradable y un acompañante estupendo.

–No trates de camelarme.

–Demasiado tarde –dijo Georgia con otra sonrisa–. Ya está sucediendo. Ya te tengo camelado.

–Eso es una gran exageración –replicó Nikos, pero estaba sonriendo.

Y Georgia sintió que su corazón se henchía porque, cuando la miraba así, se sentía como si hubiera ganado la lotería.

Unas horas más tarde, tras salir de un viejo monasterio que acaban de visitar, Nikos sugirió que tomaran un taxi de vuelta al puerto.

Georgia no pareció especialmente entusiasmada con la idea.

–¿Tenemos que volver en coche? ¿No podríamos regresar dando un paseo?

–Tardaríamos más de veinte minutos andando.

–Yo preferiría caminar. Creo que me vendrá bien estirar las piernas. Me siento un poco mareada.

Nikos asintió lentamente y miró a su alrededor

–La verdad es que hace un día muy agradable y es un placer sentir la primavera en el aire.

Georgia sonrió, enlazó su brazo con el de Nikos y empezaron a caminar.

–Por fin siento que estoy en Grecia –dijo con un suspiro.

–Me alegro de que estés contenta.

–¿Por qué no nos quedamos aquí a pasar la noche?

–Debemos regresar.

–¿Por qué? Tú eres el jefe. Tú dictas las reglas.

Nikos no había visto a Georgia nunca en aquella actitud desde que la había conocido. Parecía más animada, más cálida, más feliz.

–Solo estamos a una hora de Kamari. Es demasiado cerca como para no volver.

–Pero eso hace que sea aún más divertido. Estamos teniendo unas mini vacaciones... y ahora podemos hacer que la aventura sea aún mayor.

–¿Y dónde nos quedaríamos?

–Estoy segura de que hay un montón de hoteles.

–No estamos en temporada turística, y la mayoría estarán cerrados.

–Seguro que encontramos alguno abierto.

–Si es así, seguro que te llevarías una decepción. No será nada lujoso y las habitaciones serán pequeñas y espartanas.

–Está claro que no quieres quedarte.

–Prefiero la comodidad de mi cama –asintió Nikos–. Y la intimidad.

–¿No te cansas nunca de la rutina? ¿No necesitas un cambio de vez en cuando?

–No, pero está claro que tú sí –replicó Nikos, aunque era evidente que no estaba enfadado. De hecho, estaba encantado. Le resultaba imposible no sentirse atraído por Georgia, que estaba resplandeciente a la luz del sol y tenía las mejillas sonrosadas.

La deseaba más de lo que nunca había deseado a cualquier mujer, pero no quería hacerle daño. No quería romperla.

Y no debía hacerlo.

Estaba embarazada. No podía correr riesgos con ella. No solo por el bien de su hijo, sino por ella misma.

Georgia le importaba. Le importaba mucho.

Nada más conocerla había pensado que era una mujer fría, distante y bella. Pero se había equivocado. No era en absoluto fría. Era cálida, inteligente y compleja. Había mucha variedad en ella, muchas sorpresas. Podía ser feroz y ferozmente divertida. Aún estaba asombrado por la soltura y el humor con que lo había provocado al salir de la pastelería. Le había resultado imposible resistirse a ella cuando lo había mirado como lo había hecho.

¿Qué hombre habría podido resistir aquella mezcla de sol y miel?

No podía tenerla... aunque eso no significara que no la deseara casi dolorosamente.

Para reprimir su palpitante erección, llamó la atención de Georgia hacia las ruinas que había en una colina cercana.

–El castillo veneciano.

–¿Un castillo veneciano en Grecia?

–Hay docenas de ellos. Venecia ha jugado un papel muy importante en la historia de Grecia. Aún hay muchas fortalezas y pueblos amurallados en las islas y en tierra firme.

–No tenía ni idea.

Se estaban acercando a la base de la colina en la que se hallaban las ruinas de la fortaleza y Georgia frunció la nariz.

–No vamos a subir, ¿verdad?

–Sería peligroso. No te dejaría subir ni aunque quisieras.

–¿Significa eso que tenemos que volver al puerto?

–Podemos picar algo en Chora antes de volver.

–También podemos buscar un hotel...

–Georgia..

–Nunca me he alojado en un hotel griego. Nunca he comido en un restaurante griego.

–Pero sí has almorzado.

–Hemos tomado aceitunas, ensalada y queso, y me ha encantado, pero quiero algo más. Quiero probar más comida y ver más cosas. Estamos en Grecia.

–Lo sé.

–Es excitante, Nikos. Me estás ofreciendo un buen recuerdo para llevarme a casa.

Nikos sabía que no se refería a Kamari, sino a Atlanta. Sintió que el corazón se le encogía. No quería pensar en junio. No quería pensar en la marcha de Georgia.

Permaneció en silencio un largo momento mientras contemplaba las brillantes luces del pueblo cercano.

–Tomaremos dos habitaciones –dijo.

Georgia sonrió traviesamente.

–No hace falta, al menos si te preocupa el dinero.

–No me preocupa el dinero. Pero necesitamos dos habitaciones. Por tu bien.

–Yo confío en ti.

–Eso está muy bien, pero yo no me fio de mí mismo.

Georgia rio.

Encontraron dos habitaciones en un pequeño hotel en el centro del pueblo. No era especialmente bonito ni lujoso, como había dicho Nikos, pero todo estaba muy limpio. Aunque no fueran contiguas, a Georgia le alegró que sus habitaciones estuvieran en el mismo pasillo, una cerca de la otra.

Después caminaron hasta un restaurante cercano que estaba casi vacío.

–Van a pensar que somos turistas estadounidenses –murmuró Nikos mientras se sentaban.

–Yo soy estadounidense, y tú puedes simular ser un turista griego.

–No.

Georgia rio.

–¿No quieres ser un turista?

–No.

Georgia volvió a reír.

–¿Qué te ha pasado? –preguntó Nikos–. Hoy eres todo risas y buen humor.

–Lo estoy pasando muy bien –Georgia alargó una mano y tomó la de Nikos–. Y espero que tú también.

Nikos trató de fruncir el ceño.

–También estás muy afectuosa.

–Creo que hay un rincón de tu duro corazón al que le gusta que lo esté.

Nikos esbozó una sonrisa.

–Puede que un poco.

Georgia le apretó la mano con ternura.

–Lo suponía.

Durante la cena hablaron de lo que habían hecho y visto durante el día. Georgia manifestó su entusiasmo por el colorido blanco y azul de las casas, de sus puertas y ventanas, de las cúpulas de las iglesias, que transformaban las poblaciones espartanas en encantadoras postales.

–Ya sabemos que yo lo he pasado muy bien –dijo finalmente–, pero ¿y tú?

–Yo también he disfrutado del día.

–¿Y no lamentas que te haya forzado a salir de Kamari? Sé cuánto te gusta tu isla.

–Y yo creo que ahora estás tratando de provocarme.

–Hay que mantener la excitación.

–Hmm. De manera que eres una rebelde ¿no?

Georgia permaneció un momento pensativa y luego asintió.

–Supongo que sí. No, sé que lo soy. Pero eso fue lo que me salvó la vida. Dejar a mi familia, irme de África. Si no me hubiera empeñado en volver a los Estados Unidos habría muerto con ellos. Y Savannah también.

–¿No te asustaba ir sola a una gran universidad en los Estados Unidos?

–Quería ir, y también quería hacer todo aquello sobre lo que hasta entonces solo había leído. Acudir a fiestas, al cine, tener citas, divertirme...

–¿Y te divertiste?

Georgia asintió.

–Me encantó. Y animé a Savannah a seguir mis pasos –suspiró y volvió la mirada hacia la ventana mientras recordaba el día en que se enteró de la tragedia. Había oído algo en las noticias aquella mañana, pero no había imaginado que los misioneros asesinados pudieran ser sus padres. No lo supo hasta más tarde, cuando Savannah la llamó.

Aquel día cambió todo.

Ella cambió.

Su rebeldía interior, su espíritu libre y aventurero, murieron aquel día junto a su familia, y maduró de la noche a la mañana, convirtiéndose en la persona que Savannah necesitaba a su lado. Alguien fuerte y audaz. Alguien con confianza, centrado. Georgia prometió a Savannah que todo iría bien, que lo único que debía preocuparle era terminar sus estudios en el instituto, porque ella se ocuparía de todo lo demás. Y así lo había hecho.

–Decidí hacerme donante de óvulos porque pensé que era algo positivo –dijo en voz baja–. Sabía que sería duro, pero me pareció el modo más práctico de conseguir ingresos. Y necesitábamos dinero. Pero alquilar el útero es algo... muy distinto.

–Háblame de ello –dijo Nikos.

Georgia negó con la cabeza.

–Prefiero que hablemos de otra cosa. Me estoy poniendo triste, y no quiero. Se supone que estamos de vacaciones. Centrémonos en cosas felices, ¿de acuerdo?

Capítulo 9

NIKOS pagó la cuenta y al salir sugirió que regresaran paseando al hotel.

Georgia asintió y trató de ocultar su decepción.

–Yo te he contado por qué decidí convertirme en donante de óvulos y madre de alquiler. Ahora te toca a ti contarme por qué elegiste ese camino para tener familia –dijo en el tono más animado que pudo mientras caminaban.

Nikos permaneció un momento en silencio y finalmente asintió.

–De acuerdo. ¿Qué te parece si subimos a charlar un rato a mi habitación? Tiene un pequeño balcón y podemos abrir las puertas para que entre un poco de brisa mientras hablamos –tras permanecer otro momento callado, y para sorpresa de Georgia, añadió–: Mi mujer y yo no teníamos una buena relación. Nuestro matrimonio fue tenso desde el principio. Elsa no era feliz y creía que un bebé arreglaría las cosas. Yo pensaba que solo las empeoraría.

–¿Y por eso te negaste a tener un hijo con ella?

–No. Para poder concebir un hijo hay que dormir juntos, y Elsa no me permitía acercarme a ella.

–¿Por qué no? –preguntó Georgia de inmediato, aunque enseguida se arrepintió de su indiscreción–. Disculpa. No tienes por qué contestar a eso si no quieres.

–No me importa hablarte de ello, pero será mejor que esperemos a llegar al hotel.

Una vez en la habitación de Nikos, Georgia no pudo evitar experimentar una repentina timidez al ver la cama.

Tras abrir las puertas del balcón, Nikos fue por la botella de agua que había en la mesilla de noche y sirvió un poco en los dos vasos que había sobre una cómoda.

–Salud –dijo a la vez que ofrecía uno de los vasos a Georgia, que lo alzó antes de beber.

–Por un gran día con un nuevo amigo, Nikos Panos –brindó.

Nikos le dedicó una sonrisa que a ojos de Georgia no resultó precisamente platónica.

–Siéntate aquí –dijo a la vez que señalaba una silla acolchada que había junto a la cama–. Parece el asiento más cómodo que hay en la habitación.

Cuando Georgia ocupó la silla, Nikos se tumbó en la cama con la espalda apoyada contra el cabecero.

–¿De verdad somos amigos? –preguntó sin apartar la mirada de ella.

–Creo que deberíamos serlo. Así la atracción resultaría más lógica.

–Tú también la sientes, ¿no?

Georgia asintió.

–La he sentido todo el día. Ni siquiera necesito mirarte para sentirla. Podemos estar riendo sobre cualquier cosa, pero sé que si me tocaras o me besaras estaría perdida. Querría más besos.

–Hmmm –murmuró Nikos mientras asentía lentamente–. La verdad es que no te pareces nada a Elsa. A ella no le gustaba que la tocara. No quería que lo hiciera. Se sentía incómoda haciendo el amor, al menos, tal como se lo hacía yo.

Georgia comenzaba a comprender.

–Supongo que fue ella la que hizo que empezaras a cuestionarte a ti mismo.

–Ya no se trataba de hacer el amor, sino de sexo, y ahí empezaron los problemas.

–¿Qué sucedió?

–Dejamos de dormir juntos. Cada uno tenía su habitación. Pasamos así un año entero.

–¿Y también eran así las cosas antes de casaros?

–Nos casamos muy pronto tras conocernos. Nos besábamos y acariciábamos, pero Elsa quería esperar a que estuviéramos casados para tener relaciones sexuales completas, y así lo hicimos.

–¿Y después de casaros no quiso tenerlas?

–Pensé que necesitaba tiempo, que aquello era demasiado nuevo para ella. Pero me dijo que no se trataba de eso, que él problema era yo. Siempre estaba enfadado, gritando o asustándola.

Georgia frunció el ceño.

–¿Y era así?

–Con el paso del tiempo empecé a sentirme más y más frustrado. Puede que le gritara un par de veces, pero nunca fui cruel. Jamás la traté con maldad. Pero me negué a liberarla de su votos matrimoniales, y ahora sé que eso fue un error. Debería haberle dejado ir. Debería haberme divorciado de ella. Habría sido lo mejor. Pero entonces yo aún era joven. Tenía veintiséis años y una esposa preciosa de la que me sentía orgulloso. No estaba dispuesto a renunciar a aquello así como así.

–Supongo que a muchas personas les pareció que estabas siendo un buen marido que luchaba por sacar adelante su matrimonio.

Nikos se encogió de hombros.

–Luché por él demasiado tiempo. Debería haber dejado mi orgullo a un lado antes.

–O haber tenido el bebé. ¿Crees que eso habría ayudado?

–No lamento esa decisión. Fue la correcta. Elsa y yo hablamos de tener hijos y formar una familia desde el principio, pero yo quise esperar a que nuestra relación mejorara. Odiaba lo tóxica que era. No era saludable, y tampoco lo habría sido para un hijo. Después Elsa murió y yo me vi lamentando la muerte de mi esposa y la pérdida de la familia que ya nunca tendríamos.

–¿Y no habría sido más fácil volver a casarte? ¿Empezar de nuevo?

–No quería volver a casarme. Y sigo sin querer hacerlo. Pero sí quería ser padre, y estoy deseando serlo.

–El matrimonio no tiene por qué ser malo. El de mis padres fue muy sólido, y siempre estuvieron enamorados.

–¿Cómo lo sabes?

–Por lo afectuosos que eran entre sí y lo cálida que era su relación. Mi padre era muy protector con mi madre, pero también muy respetuoso. Mi madre solía decirnos que seríamos muy afortunadas si llegáramos a encontrar un hombre tan amable, delicado y amoroso como mi padre. Lo adoraba. Y él le hacía reír, algo que me fascinaba, porque mi madre siempre fue una mujer muy seria. Casi nunca reía con nosotros, pero mi padre lograba hacerle reír a menudo –Georgia se interrumpió unos momentos mientras su mente se llenaba de imágenes y recuerdos–. Eran amigos –continuó tras un suspiro–. Y amantes, por supuesto, pero la base de su relación era la amistad y el respeto, y eso es lo que yo siempre he querido. Alguien a quien le guste, me respete y me trate como a una igual.

–Eso suena muy norteamericano.

–¿El deseo de ser tratada como una igual?

–En Grecia no vemos así el matrimonio. No se trata de igualdad, sino de cumplir con tu papel. Ser un buen marido. Ser una buena esposa. Es más fácil que pedir o exigir que hombres y mujeres sean iguales.

–¿Y tu mujer estaba al tanto de tu punto de vista?

Nikos se encogió de hombros.

–Apenas hablábamos de cosas importantes. A Elsa le encantaba la moda, salir de compras y decorar la casa. Yo me ocupaba de trabajar o ofrecerle dinero.

–¿Era guapa?

–Sí.

–¿Qué aspecto tenía?

–Era alta, esbelta y rubia.

–¿Por eso buscaste una donante alta, esbelta y rubia?

–Sí.

Georgia permaneció un momento en silencio. El hecho de que Nikos hubiera buscado una mujer tan parecida a su esposa debía significar que la había querido mucho. Estuvo a punto de interrogarlo al respecto, pero se contuvo.

–Creo que ya hemos hablado suficiente sobre mí –dijo Nikos–. Hablemos de algo más interesante ahora. De ti.

–No soy interesante.

–No estoy de acuerdo –Nikos giró en la cama para quedar sentado en el borde y luego hizo un gesto a Georgia para que se acercara.

Georgia, que había estado deseando estar más cerca de él todo el día, experimentó un repentino pánico. Una cosa era anticipar la seducción y otra ser seducida.

Nikos captó sus dudas.

–¿Has recuperado el sentido? ¿Has comprendido que esto sería un error? –preguntó en un tono ligeramente burlón.

–Me siento un poco nerviosa –admitió Georgia.

–¿Por qué?

–Porque tus besos siempre son maravillosos y muy placenteros, pero siempre acabo pagando un precio por ellos.

–No tengo intención de volver a esconderme de ti. A partir de ahora vas a verme como soy. Bueno. Malo. Feo.

–No eres malo ni feo.

–Eso aún no lo sabes.

–Mi instinto casi nunca me engaña.

Nikos esbozó una sonrisa mientras volvía a hacer un gesto para que Georgia se acercara.

–Ven aquí, *gynaika mu*... Quiero besarte.

–¿Solo besarme?

–Eso lo dejaré a tu criterio. Tu controlas la situación. Si quieres que nos besemos, nos besamos. Si quieres que te haga llegar con la boca, lo haré. Si quieres que te penetre, también lo haré. Estoy a tus órdenes. Así que ven. Estoy impaciente por tenerte en mi regazo.

Georgia se levantó y avanzó lentamente hacia él.

–Pero creía que era yo la que controlaba la situación...

Nikos la tomó por la muñeca y le hizo sentarse a horcajadas sobre él.

–Después del primer beso. Deja que te bese adecuadamente, como he estado deseando hacerlo todo el día –dijo a la vez que tomaba su rostro entre las manos–. Eres tan preciosa, tan excitante...

El beso fue suave, casi dulce, y Georgia se lo devolvió del mismo modo. Pero de pronto se convirtió en un incendió que le hizo abrir los labios para ofrecerse por completo a las caricias de la lengua de Nikos.

Mientras sentía que la cabeza empezaba a darle

vueltas, lo rodeó con los brazos por el cuello. Entonces Nikos giró hacia la cama y la dejó tumbada sobre el colchón. Sin dejar de besarla, deslizó una mano por debajo de su blusa y tomó en ella uno de sus pechos.

Georgia se arqueó hacia él y gimió cuando comenzó a acariciarle un pezón con el pulgar.

–Ya conoces muy bien mi cuerpo –murmuró cuando Nikos se inclinó para besarle el pezón a través de la blusa y el sujetador. Cuando se lo mordisqueó, Georgia dejó escapar un gritito.

Nikos alzó de inmediato la cabeza.

–¿Demasiado?

Georgia miró sus ojos, oscuros, brillantes, preciosos.

–No, claro que no.

–¿Quieres más?

–Lo quiero todo.

–Tal vez será mejor que de momento nos limitemos a los besos. Así podrás cambiar de opinión.

–No voy a cambiar de opinión.

–Ya veremos –dijo Nikos a la vez que le subía la larga falda.

Su boca siguió a su mano y dejó un rastro de besos en la parte alta de sus muslos. Georgia llevaba unas pequeñas braguitas de encaje que se asentaban bajo la curva de su vientre y Nikos acarició su monte de Venus a través del encaje antes de deslizarla entre sus piernas, donde ya estaba húmeda.

Cuando le hizo separar las piernas, y a pesar de llevar aún las braguitas, Georgia se sintió totalmente desnuda y expuesta ante él. Enseguida sintió que deslizaba una mano desde una de sus caderas hasta la rodilla y luego de vuelta, dejando un rastro de fuego a su paso.

Mientras la acariciaba la contemplaba con un posesivo brillo en la mirada, con una carnal voracidad.

El corazón latía desbocado en su pecho y cuando Nikos se inclinó para besarla en la parte interior de los muslos cerró los ojos. La acarició con los labios sobre la tela y luego retiró ligeramente esta para deslizar la lengua con enloquecedora delicadeza por los labios de su sexo. Las cosas que le hizo con su lengua hicieron que Georgia se sintiera prácticamente incapaz de respirar. La acaricio, la lamió, la penetró y, cuando se centró en su clítoris, Georgia alcanzó el orgasmo con tal intensidad que dejó escapar un prolongado grito de placer a la vez que tomaba a Nikos por los hombros, desesperada por tocarlo, por tenerlo más cerca.

–Increíble –murmuró cuando Nikos se tumbó a su lado y la rodeó con un brazo–. Tú eres increíble.

Disfrutó del contacto con su poderoso cuerpo mientras los latidos de su corazón iban calmándose, pero cuando se relajó se dio cuenta de que aún estaba vestida y de que, a pesar de que Nikos le había dado mucho placer, no era exactamente aquello lo que había esperado que sucediera.

–Necesitamos desvestirnos –susurró antes de besarlo en el hombro y deslizar una mano por su pecho.

Nikos la besó en lo alto de la cabeza.

–Creo que este sería un buen momento para que te fueras a tu cuarto.

–No, aún no puedo –Georgia alzó el rostro hacia él y le ofreció sus labios–. Ni siquiera hemos empezado.

–No quiero que luego tengas que arrepentirte.

–De lo único que podría arrepentirme sería de no hacerte el amor.

–Tengo más cicatrices.

–Ya las he visto. No son nada.

–Sí son algo.

–Yo creo que son preciosas. Forman parte de ti.

Mientras Nikos se levantaba para cerrar las puertas del balcón, Georgia se desnudó y luego permaneció tumbada contemplando cómo lo hacía él.

Abrió los ojos de par en par cuando se quitó los calzoncillos y su miembro emergió largo, grueso y impresionantemente erecto. Experimentó un ligero temblor de miedo cuando regresó a la cama y se tumbó a su lado.

Aunque aquello había sido idea suya, no pudo evitar sentirse repentinamente nerviosa. O tal vez era la excitación.

Nikos la abrazó y la estrechó contra su costado.

–¿Estás nerviosa? –preguntó.

Georgia asintió.

–Un poco.

–No tenemos por qué hacer nada.

–Lo sé.

Georgia apoyó una mano sobre el pecho de Nikos y la deslizó por sus poderosos pectorales. Sabía que sus cicatrices estaban más arriba, en su hombro, y llevó la mano hasta allí. Aunque sintió cómo se tensaba, siguió acariciándolo.

–Tienes un cuerpo muy excitante –murmuró.

–¿No te repugnan las cicatrices?

–¿Cómo iban a repugnarme? Forman parte de ti.

–Seguro que vas a ser una magnífica doctora.

Georgia se entristeció de pronto al recordar lo pasajero que iba a ser aquello, que solo estaban pasando el tiempo hasta que llegara junio.

Nikos debió sentir su cambio de actitud, porque le hizo tumbarse de espaldas y se irguió sobre un codo para poder mirarla.

–No tenemos por qué hacer esto.

Dijo aquello en un tono casi sombrío, serio, y Georgia deslizó las manos arriba y abajo por sus brazos.

–Oh, sí, claro que sí.

–¿Por qué?

–Porque quiero estar contigo. Porque quiero saber lo que es ser tu mujer.

Nikos se quedó momentáneamente sin aliento.

Georgia quería saber lo que era ser su mujer.

«Su mujer».

Hacia tiempo que estaba convencido de que no iba a haber otra mujer para él. De que no merecía tener otra mujer.

–Hace mucho que no estoy con ninguna mujer –dijo, casi con aspereza–. Años.

–¿Desde Elsa?

–Sí.

–¿Te gusta el celibato?

–Es mejor que hacer daño a alguien.

Georgia le acarició el pecho mientras lo miraba a los ojos.

–No vas a hacerme daño.

–¿Cómo puedes estar segura de eso?

–Porque eres un buen hombre, porque eres honesto. Y porque, aunque no seas perfecto, me gustas mucho.

Nikos inclinó la cabeza para besarla en los labios, y luego en la barbilla, y más abajo. Georgia alzó el rostro para facilitarle el acceso a su cuello y suspiró de placer. Lo acarició mientras la besaba, deslizó las manos por su estómago, su cadera y su muslo antes de rozar con los dedos su palpitante erección.

Nikos apretó los dientes y contuvo la respiración cuando lo rodeó con la mano y comenzó a moverla delicadamente arriba y abajo. Fue todo lo que pudo hacer para no derramarse allí mismo, sobre ella, para contenerse mientras lo acariciaba.

–Eres impresionante –susurró Georgia.

–Veamos si recuerdo cómo se hace esto –Nikos la tomó de la mano y le hizo alzar ambos brazos por encima de la cabeza mientras se situaba entre sus muslos.

Georgia dejó escapar un ronco y prolongado gemido mientras él la penetraba lentamente.

–¿Te duele? –preguntó, quedándose repentinamente quieto.

–No, no. Me gusta... me gusta mucho.

Nikos esbozó una sonrisa.

–Eso es alentador, pero creo que puedo hacer que te sientas mucho, mucho mejor.

Y eso hizo.

Georgia despertó en plena noche y se sorprendió momentáneamente al sentir un brazo rodeándola por la cintura. Entonces recordó dónde estaba, lo que habían hecho y lo increíblemente satisfactorio que había sido.

Necesitaba ir al baño, pero no quería despertar a Nikos. Permaneció unos minutos quieta, diciéndose que en realidad no necesitaba ir, aunque no era cierto.

–¿Qué sucede? ¿Quieres volver a tu habitación?

Georgia se volvió hacia Nikos, al que apenas pudo ver en la penumbra reinante.

–No quería despertarte.

–No he dormido.

–¿Qué horas es?

–Las dos y media o las tres.

–¿Por qué no has dormido?

–He estado disfrutando del placer de tenerte a mi lado, abrazada. ¿Y por qué te has despertado tú?

–Creo que el pequeño me ha dado una patada para recordarme que tengo que ir al baño.

–Esta noche he sentido cómo se movía.

–¿En serio?

–Sí.

–¿Y qué te ha parecido?

–Es asombroso. Un milagro –la voz de Nikos se volvió más ronca cuando añadió–: He pensado que tú eres un milagro.

Georgia se irguió en la cama y encendió la lámpara de la mesilla de noche.

–Me alegra mucho que por fin hayas podido notar cómo se mueve. Es bastante increíble ¿verdad?

–Sí –Nikos la tomó de la mano y se la llevó a la boca para besarla–. La vida cambiando.

Capítulo 10

POR LA mañana, mientras desayunaban en una pequeña cafetería cercana al puerto, Georgia volvió a fijarse en la frialdad casi desdeñosa con que algunas de las personas que estaban cerca de ellos miraban a Nikos.

–Noto un ambiente un tanto peculiar a nuestro alrededor –comentó tras echar un vistazo.

Nikos la observó un momento antes de hablar.

–Es una forma delicada de decirlo.

–¿Tú también lo has notado?

–Por supuesto. No me quieren ver por aquí.

–¿Por qué?

–Se sienten incómodos.

–¿Por qué?

Nikos se encogió de hombros.

–Me llaman *tras. Thirio*.

–¿Qué quiere decir?

–Monstruo –Nikos suspiró y dudó antes de añadir–: Bestia

Georgia frunció el ceño, conmocionada.

–¿Qué?¿Por qué?

Nikos se señaló el rostro.

–Por esto.

–Pero eso es ridículo. Son quemaduras. Sufriste un accidente...

–A la gente le molesta que yo sobreviviera y mi mujer no.

–¿Conducías tú?

–No. Ni siquiera estaba en el coche.

–Entonces ¿cómo pueden culparte?

–Es una isla pequeña. Aunque vivo muy cerca, soy un extraño para ellos.

–Me cuesta creer que ese sea el motivo por el que te llaman esas cosas horribles.

–Soy un excéntrico.

–Sí, lo eres. Pero eso no justifica tanta crueldad.

–No lo sé. Ya me da igual. Me limito a tratar de no venir. Por eso casi nunca salgo de Kamari.

Georgia tragó con esfuerzo, conmovida por todo lo que estaba escuchando, y comprendiendo cada vez mejor el deseo de Nikos de estar solo.

–¿Y cómo llegaron a conocer tu existencia y la de Elsa? ¿No os conocisteis en Atenas?

–No. Elsa era noruega estaba pasando aquí unas vacaciones con unas amigas de Oslo. Alquilaron una villa para el verano y conoció a un pescador local muy atractivo llamado Ambrose. Se enamoraron. Él le propuso matrimonio y ella se quedó. Ya estaba planeada la boda cuando nos conocimos.

–Y abandonó a Ambrose por ti.

–Sí.

–Y la gente se puso del lado de Ambrose.

–Sí.

–Y cuando Elsa murió en el accidente, te culparon.

Nikos esbozó una sonrisa por completo carente de humor.

–Tú lo has dicho.

–Es horrible.

–Sí, lo soy.

Georgia volvió a fruncir el ceño.

–Tú no eres horrible. La historia es horrible. Y ellos son horribles. No eres una bestia ni un monstruo...

–No los culpo. Elsa ya no está y mírame a mí.

–Te miro y pienso que eres precioso –dijo Georgia, y a continuación sorprendió a todo el mundo inclinándose hacia Nikos y besándolo abiertamente en los labios–. Volvamos a Kamari –añadió después–. Estoy cansada de jugar a los turistas.

De regreso en Kamari, Nikos desapareció en su cuarto para ducharse y ponerse a trabajar, y Georgia hizo lo mismo, aunque no logró concentrarse en sus estudios.

Fuera llovía y el ruido de las gotas en la ventana la distrajo. Se dijo que debía estudiar. El examen era importante. Su futuro era importante. Sus metas no habían cambiado. Sus prioridades seguían siendo las mismas. ¿O no?

De pronto le resultó imposible verse a sí misma de regreso en Atlanta. No se veía regresando a la facultad como si nada de aquello hubiera pasado.

Incómoda ante la perspectiva de su futuro, incapaz de contestar a las preguntas que se estaba planteando, se esforzó en leer el libro que tenía ante sí. Tenía que estudiar. Debía hacerlo. Lo único que podía controlar en aquellos momentos era la preparación de su examen.

Ya que estaba lloviendo, aquella noche se reunieron para beber algo en la biblioteca. Nikos había encendido el fuego de la chimenea y el ambiente reinante en la habitación era cálido y muy acogedor.

Hizo que Georgia se sentara en un cómodo sillón a un lado de la chimenea y él ocupó otro al otro lado. El tamborileo de la lluvia contra la ventana era casi música y Nikos no recordaba cuándo había sido la última vez que se había sentido tan a gusto, tan cómodo.

Georgia estaba mirando el fuego y él aprovechó la oportunidad para contemplarla.

Era preciosa. Y era una mujer única, valiente, frustrante, provocativa, fuerte, maravillosa.

–Eres increíblemente bonita.

No se dio cuenta de que había dicho aquello en alto hasta que Georgia se volvió hacia él con una sonrisa en los labios.

–Tengo la sensación de que las rubias de ojos azules son tu tipo –dijo, divertida.

–Mi tipo eres tú. El mundo está lleno de rubias, pero solo hay una Georgia Nielsen.

Tras cenar algo en la biblioteca, fueron a la habitación de Nikos. Georgia sintió la impaciencia de este mientras cerraba la puerta a sus espaldas.

–Nunca había estado aquí –dijo mientras miraba a su alrededor. La habitación era sencilla, con una gran cama de elegante diseño en medio, las mesillas de noche a juego y una deslumbrante araña de cristal en el techo.

–Parece veneciano –dijo Georgia.

–Lo es. Tengo debilidad por el diseño veneciano.

–Puede que corra sangre veneciana por tus venas.

Nikos la tomó con delicadeza por el brazo y la atrajo hacia sí.

–Sé que te tengo a ti en mi sangre –murmuró antes de besarla.

Aquello fue todo lo que hizo falta para que el incendio comenzara. Nikos profundizó el beso a la vez que deslizaba una mano hacia abajo por la espalda de Georgia hasta la curva de su trasero, donde la detuvo para atraerla hacia él y hacerle sentir la fuerza de su erección.

Georgia se frotó contra él con un suspiro y Nikos deslizó una mano entre sus cuerpos para acariciarla con dedos expertos.

–¿Estás húmeda? –susurro junto a su oído.

–Sí.

–¿Muy húmeda?

–Podrías tomarme ahora mismo y me correría en un instante...

–Eres demasiado fácil –dijo Nikos mientras la mordisqueaba en el cuello–. Deberíamos convertir esto en un reto. No dejarte llegar...

–No, no sería justo.

–Obligarte a esperar.

–Sería una tortura.

–Pero eso haría que el orgasmo fuera aún mejor.

–Me temo que no sobreviviría.

Nikos rio con ronca suavidad.

–Prometo que sobrevivirás. Jamás te haría daño ni permitiría que te sucediera nada.

–Tú me has sucedido –dijo Georgia, que se quedó momentáneamente sin aliento cuando Nikos deslizó una mano bajo su sujetador y tomó entre sus dedos uno de sus erectos pezones. El placer fue muy intenso y le hizo sentir una especie de desesperación salvaje.

Hasta que había conocido a Nikos no había sabido realmente lo que era ser acariciada. Era un maestro de la sensualidad, de la seducción, y ella quería aceptar todo lo que estuviera dispuesto a darle, consciente de que, probablemente, aquello era todo lo que podrían llegar a tener.

–No sé si voy a poder aguantar mucho tiempo –susurró.

Nikos la tomó en brazos para tumbarla en la cama y, a la vez que la iba desnudando, la acarició, la besó, la lamió. Georgia cerró los ojos cuando se detuvo entre sus muslos y, tras hacerle separarlos, besó con enloquecedora delicadeza los labios de su sexo. Sintió que su cuerpo se derretía de placer y, en cuanto comenzó a acariciarle el clítoris con la lengua, alcanzó el orgasmo. No pudo evitarlo. Nikos sabía cómo darle placer y ella sentía demasiado.

–A eso me refería –dijo Nikos en un tono divertidamente burlón mientras se situaba tras ella–. No hay reto.

–¿Preferirías que no me corriera?

–Preferiría que te corrieras muchas veces –murmuró Nikos a la vez que empujaba un muslo de Georgia hacia delante para penetrarla por detrás. Ella estaba húmeda y él duro y tenso como una roca. Georgia suspiró cuando se enterró profundamente en ella para luego retirarse de nuevo hasta casi salir. Protestó y él rio con suavidad antes de volver a penetrarla. Después, mientras repetía una y otra vez aquel movimiento la rodeó con un brazo para acariciarla en el centro de su deseo.

El placer fue creciendo de nuevo, gradualmente. Georgia comenzó a jadear, muy cercana al orgasmo, pero luchó por contenerse, por no ceder, deseando prolongar el placer lo más posible.

Hacer el amor con Nikos era una experiencia increíble, poderosa, eléctrica, que parecía transformar sus cuerpos en un solo cuerpo, sus corazones en un solo corazón.

Y entonces fue incapaz de pensar en nada excepto en la intensa y brillante sensación que recorrió su cuerpo en oleadas hasta llevarla a un nuevo y demoledor clímax. Su cuerpo pareció estallar y ante sus ojos y en su mente bailaron cientos de diminutas, fulgurantes y incandescentes estrellas.

Aquello era el cielo. El cielo en la tierra.

Nikos siguió contemplando a Georgia con expresión embelesada hasta que se quedó dormida. Después la besó en la frente y se tumbó, maravillosamente abrumado por emociones que estaba experimentando.

Cuando se casó con Elsa creía saber lo que era el amor y cómo sería su matrimonio. Había imaginado una relación como la de sus padres, tradicional, práctica.

Pero su matrimonio con Elsa fue una continua fuente de conflicto. Su muerte supuso una conmoción, pero no una sorpresa. Lo había amenazado tantas veces con hacerse daño a sí misma, con hacerle daño a él, con hacer algo terrible...

Aún se preguntaba por qué se habría casado Elsa con él. ¿Por su dinero? ¿Por su apellido? ¿Habría creído que podía intercambiar un griego atractivo por otro así como así?

Nunca lo sabría. Y no quería saberlo. Ni siquiera quería volver a pensar en ella.

Su muerte, su manera de morir, casi lo habían destruido. Pero de pronto se sentía preparado para dejar atrás su pasado, para estar con Georgia.

Georgia era una mujer fuerte, apasionada, valiente, con convicción.

Su fuerza lo había liberado. El intenso sentimiento que tenía de sí misma le permitía a él ser quien realmente era: un hombre, no un monstruo.

El hecho de que Georgia lo hubiera aceptado lo había cambiado todo, había hecho que en su interior renaciera la esperanza por una vida a la que ya creía haber renunciado para siempre.

Una esposa, hijos, una familia.

Le propuso matrimonio durante la cena del día siguiente.

–Cásate conmigo, *agapi mu* –dijo cuando acababan de tomar el postre.

Georgia parpadeó y se quedó mirándolo, conmocionada.

Nikos pensó que tal vez debería haber sido menos directo y sonrió al ver su expresión.

–Hagamos de esto algo permanente –añadió–. Quédate conmigo. Cásate conmigo...

–¿Qué?

–Estamos muy bien juntos. Nos complementamos. Creo que podríamos ser felices juntos.

Georgia siguió mirándolo, perpleja.

–Creo que sería una buena solución –continuó Nikos con cautela, lamentando estar siendo tan pragmático, tan poco romántico–. Tú, yo y nuestro hijo podríamos formar una familia.

Georgia se levantó con los ojos abiertos de par y una expresión asustada.

–Eso no funcionaría, y lo sabes.

–¿Por qué no? Yo te gusto. Tú me gustas. Hemos creado un bebé juntos. ¿Por qué no ser una familia?

Los ojos de Georgia se llenaron de lágrimas.

–No es tan sencillo.

–Claro que lo es.

–Nikos, tengo exámenes, tengo que pasar por el periodo de prácticas como residente. Aún falta tiempo para que llegue a ser doctora.

–Puedes esperar a que el bebé crezca para seguir estudiando y haciendo las prácticas.

–No puedo hacer eso.

–¿Por qué no?

Georgia negó con la cabeza, evidentemente aturdida.

–Necesito tomar un poco el aire –dijo a la vez que se encaminaba a la terraza.

–Está lloviendo.

Georgia cambió de dirección hacia la puerta.

–En ese caso me voy a mi habitación.

Nikos salió tras ella y la tomó por un brazo para impedir que empezara a bajar las escaleras.

–¿Por qué estás tan disgustada? Puedes decir no. No tienes por qué ponerte así. Jamás te forzaría a hacer nada que no quisieras.

Georgia negó con la cabeza. Se sentía confundida, arrinconada.

Había sido feliz aquellos últimos días. Más feliz de lo que nunca habría podido llegar a imaginar. Y no quería dejar a Nikos ni al bebé, pero aquello no significaba que la respuesta fuera el matrimonio.

Apoyó una mano contra el pecho de Nikos, sin saber muy bien si quería empujarlo o atraerlo hacia sí.

–Tengo que terminar mis estudios, Nikos. Tengo que terminar lo que he empezado.

–Pero si te casas conmigo no tendrás por qué trabajar. Puedes dedicarte a ser madre y...

–¡Nikos! –Georgia cerró un puño y lo golpeó una vez con firme suavidad en el pecho–. ¡Nunca he querido ser madre! Siempre he querido ser médico, y aún sigo queriéndolo. Quiero seguir adelante con la vida que tengo planeada.

Nikos la soltó y Georgia corrió a su cuarto.

Una vez allí se acurrucó en la cama y abrazó una almohada.

Lo que acababa de decirle a Nikos no era completamente cierto.

Quería ser madre. Quería formar parte de la vida del bebé. Pero renunciar a toda su vida en Atlanta, a sus planes, a sus sueños...

¿Pero cómo iba a renunciar a Nikos y al bebé?

No había lágrimas para un dilema como aquel. Los interrogantes y decisiones que implicaba eran demasiado grandes, demasiado abrumadores.

Y ahora Nikos iba a pensar que no lo quería, que no amaba realmente al hijo que llevaba dentro...

¿Cómo podía arreglar aquello? ¿Qué podía hacer?

De pronto vio que Nikos estaba a los pies de la cama. Ni siquiera le había oído entrar.

–Georgia...

–No estoy lista para hablar.

–De acuerdo. No hables. Pero escúchame. Apoyo totalmente tu deseo de llegar a ser médico. Creo que deberías terminar tus estudios.

Georgia se irguió en la cama.

–¿Qué?

–Creo que podemos encontrar un modo de que esto funcione. Tú, el bebé, yo y tus estudios.

–¿Cómo?

–Hay cosas llamadas aviones, hoteles, casas, internet...

–No hay interne en Kamari.

–Tal vez merezca la pena gastarse un par de billones para que lo haya.

Georgia rio.

–Tiene que haber otra solución. Eso es demasiado dinero.

–Estoy seguro de que podemos encontrar una solución. Al menos si seguimos juntos.

–Sí –Georgia bajó de la cama, rodeó con los brazos la cintura de Nikos y lo atrajo hacia sí para besarlo–. Tal vez deberíamos volver a la cama y hablar de nuestras opciones.

–Veo que tienes un apetito realmente voraz, *gynaika mu*.

Georgia esbozó una sugerente sonrisa.

–¿Vas a empezar a quejarte de las actividades carnales, Nikos?

Nikos dejó escapar una risa profunda, ronca, cargada de sensualidad.

–Eso nunca –dijo, y a continuación tomó a Georgia en brazos para tumbarla en la cama.

Capítulo 11

EL SIGUIENTE mes fue sin duda el más feliz de la vida de Georgia, y la llegada de la primavera reforzó aquel sentimiento de bienestar.

Estaba locamente enamorada. Y era muy consciente de que hasta que había conocido a Nikos no había sabido realmente lo que era el amor. Tras seis semanas en Grecia llegó a pensar que algún día podría vivir allí, ser feliz allí, aunque estaba decidida a acabar sus estudios antes.

Sonrió y palmeó su abultado vientre antes de levantarse del sillón en el que había estado estudiando. Para distraerse un rato fue a recoger la cesta con la ropa limpia que una empleada de servicio había dejado allí hacía un rato.

Encima del montón de ropa había una foto enmarcada. Era una foto de Nikos y de ella. Nikos tenía un brazo sobre sus hombros y ambos sonreían a la cámara.

Georgia frunció el ceño al notar algo extraño en ella. No recordaba la foto. Ni la ropa que llevaban...

Tal vez porque aquella rubia no era ella.

Era otra mujer, alta, esbelta, rubia...

Y las cicatrices de Nikos no estaban en su rostro.

Dejó caer la foto, horrorizada.

Aquella mujer era Elsa.

Nikos se estaba cambiando en su dormitorio después de correr cuando la puerta se abrió de par en par. Al ver a Georgia en el umbral, lívida como la cera, se acercó de inmediato a ella, preocupado.

–¿Qué sucede? ¿Te encuentras bien? ¿Llamo al médico?

Georgia se limitó a seguir mirándolo como si estuviera viendo un fantasma.

–¿Qué sucede, cariño? –insistió Nikos–. ¿Por qué no dices nada?

–Elsa –murmuró finalmente Georgia.

Nikos permaneció un momento en silencio, con el ceño fruncido.

–No entiendo. ¿Qué sucede con Elsa?

–Era idéntica a mí. Tú no me quieres a mí. La quieres a ella.

Nikos negó enfáticamente con la cabeza.

–Eso no es cierto.

–¿Entonces por qué es idéntica a mí? –preguntó Georgia a la vez que sacaba la foto de un bolsillo–. ¡Mírala! ¡Somos iguales! Podríamos ser la misma persona.

Nikos tomó la foto, aunque no necesitó mirarla. Aquella era la única foto que conservaba de Elsa. Ella se había ocupado de destruir el resto.

–¿Por qué no me lo habías dicho? –murmuró Georgia con lágrimas en los ojos–. ¿Por qué has jugado a este macabro juego conmigo? ¿Por qué no me has dicho la verdad?

–¿Qué verdad?

–Que aún estás enamorado de ella, que la echas de menos, que querías que este hijo fuera suyo...

–Pero eso no es así. No se trata de eso...

–¿Entonces de qué se trata?

Al ver que Nikos no parecía saber qué decir, Georgia giró sobre sus talones y comenzó a alejarse. Nikos corrió tras ella y la sujetó por un brazo.

–Deja que me duche y me vista. Solo necesito unos minutos. Luego te lo explico todo.

–No creo que puedas explicarme nada, Nikos.

–Al menos dame la oportunidad de hacerlo. Reúnete en la biblioteca conmigo dentro de cinco minutos, por favor.

Georgia esperó en la biblioteca, desolada. La burbuja en que había estado viviendo aquel último mes había estallado y su mundo y su vida habían quedado de pronto patas arriba.

Se volvió cuando oyó que Nikos entraba en la habitación. La mera idea de verlo le producía un dolor lacerante.

–Siéntate, por favor, Georgia –dijo él.

Georgia irguió los hombros, tensa.

–No quiero sentarme.

–Es una historia larga y complicada...

–Prefiero que me hagas un rápido resumen.

Nikos permaneció un momento mirándola.

–Ya me has juzgado.

–Es difícil ignorar ciertos hechos. No sé qué podrías decir para cambiarlos, para mejorar las cosas. Lo que está claro es que no puedo competir con ella.

–¡Pero no tienes que competir con ella!

–Para ti solo soy un doble de Elsa. Soy su gemela idéntica... es como si hubieras querido resucitarla –Georgia se sentía enferma, desesperada. Tuvo que hacer verdaderos esfuerzos para controlar las náuseas–. Tú no me quieres a mí. La quieres a ella.

–Eso no es cierto. Y, para tu información, no te pareces nada a ella.

–¿Cómo que no? ¡No creo que sea casualidad que parezcamos idénticas! Tú querías tener un hijo con Elsa, no conmigo.

–No –Nikos masculló una maldición–. Sí...

Georgia sintió que el corazón se le subía a la garganta.

–Y era con ella con quien querías hacer el amor.

–No.

–No te creo.

–Puede que tengas su mismo aspecto físico, pero no te pareces nada a ella.

–Pero la amabas mucho.

–No... –Nikos se interrumpió, incapaz de negar aquello–. No me habría casado con ella si no la hubiera amado, pero lo que tenía con ella no se parecía en nada a lo que tenemos nosotros.

–Lo que teníamos –corrigió Georgia con aspereza–. Ya no hay nada para nosotros, Nikos. No hay un nosotros. Solo estás tú y los recuerdos que tienes de ella.

–Escúchame Georgia, por favor. Tú no eres Elsa. No sois gemelas. Es indiscutible que os parecéis, pero en cuanto te conocí supe que no te parecías nada a ella. Ella no era fuerte, como tú. No lo era. La vida resultaba demasiado dura para ella. El amor la decepcionó...

–Tal vez fuiste tú el que la decepcionó.

Nikos bajó la mirada.

–De eso estoy seguro –murmuró, y su voz surgió impregnada de pesar, de arrepentimiento–. Elsa se quitó la vida. Lo hizo delante de mí. Estrelló el coche contra el muro de nuestra villa en Santorini. El coche se incendió. Logré abrir la puerta para sacarla antes de que estallara, pero ya estaba muy mal herida. Murió antes de que llegara la ambulancia.

–¿Y cómo sabes que quería matarse? ¿Cómo sabes que no fue un accidente?

–Me dejó una nota –contestó Nikos, tenso–. Y cada año recibo por correo una carta suya en la que me dice cuánto me odia y me culpa por haber arruinado su vida.

Georgia abrió los ojos de par en par al escuchar aquello.

–Pero eso es imposible...

–Creo que ella escribió esa carta, pero sospecho que es Ambrose el que la fotocopió y se dedica a enviármela una vez al año en el aniversario de su muerte. Los dos primeros años cometí el error de abrirlas y leerlas. Ahora me limito a tirarlas.

–¿Qué dice la carta?

–En resumen, que soy un monstruo, que me odia con cada fibra de su ser, que espera que acabe ardiendo en el infierno...

–¿Y cómo es posible que quisieras el hijo de una mujer así? ¿Acaso querías castigarte a ti mismo recordándola a diario?

–Ya la recuerdo a diario. Las cicatrices de mi rostro se ocupan de ello. Y las cartas que llegan puntualmente cada dieciséis de agosto. Pero el bebé que llevas en tu vientre no es suyo. Es mío. El futuro es mío, y eso jamás podrá quitármelo... y tampoco pienso permitir que destroce lo que hay entre nosotros. Ya he perdido demasiado en el pasado, Georgia. No pienso perderte a ti también.

Todo aquello era demasiado que asumir, demasiado que procesar. Georgia trató de sortear la confusión de emociones y pensamientos que la estaban dominando.

–No logro entender nada, Nikos... no puedo. No quiero hacerte daño, pero todo esto es tan... extraño, tan terrible. No es normal.

–Muchas personas utilizan madres de alquiler. Es algo bastante común hoy en día.

–Entiendo que quisieras tener un hijo y que para ello prefirieras utilizar una madre de alquiler, ¿pero por qué tuviste que elegirla tan parecida a ella? ¿Por qué no elegiste alguna que te hiciera sentirte esperanzado y optimista, una mujer completamente distinta a ella?

–Y eso hice. Te elegí a ti.

–No entiendo.

–No te pareces nada a ella, Georgia. Puede que seas rubia y tengas los ojos azules, pero te elegí por tu mente, por tu espíritu, por tu fuerza interior, por tu afán por apoyar a tu hermana. En tu ficha aparecía la información sobre cómo creciste en África, sobre tus metas en la vida. Y yo quería a alguien así como madre de mi hijo. Quería una mujer fuerte, una luchadora. Quería que mi hijo heredara su corazón.

Georgia recordó de pronto que su padre solía decir aquello a su madre. «Espero que la niña herede tu corazón».

Cerró los ojos y contuvo un momento la respiración mientras sus ojos se llenaban de lágrimas. Aquello era demasiado. Demasiadas emociones, demasiada presión, demasiado conmoción y decepción.

–Di algo, Georgia –murmuró Nikos con delicadeza–. Háblame, *agapi mu*.

Georgia negó con la cabeza. No podía hablar. No quería llorar.

–Tú eres mi luz en la oscuridad... –la profunda voz de Nikos se rompió. Bajó la cabeza y se llevó el puño a la boca–. Por favor... No me expulses de tu corazón.

–Necesito pensar. Necesito tiempo –dijo Georgia que, consciente de que si seguía allí iba a desmoronarse, se encaminó hacia la puerta y salió.

Una vez en su dormitorio, cerró la puerta y apoyó contra esta una silla para impedir que Nikos entrara. Necesitaba estar a solas para sortear el laberinto de sus emociones, sus confundidos sentimientos.

Y de todo aquello, lo más importante era el bebé. Necesitaba ser protegido a toda costa. Nikos tenía razón. Ella era fuerte, una luchadora, y sobreviviría a lo que fuera necesario por el bebé. Necesitaba utilizar la lógica para tomar una decisión, no las emociones.

Y la lógica le decía que todo lo que estaba sucediendo allí era ilógico. Irracional. Aquel no era su sitio. Necesitaba irse de allí. La idea de marcharse era demasiado dolorosa porque sabía que si se iba nunca regresaría.

Pero lo único que sabía con certeza era que tenía que irse.

Y ser consciente de ello era devastador.

Sentía el corazón tan encogido en el pecho que apenas podía respirar. A pesar del dolor, de la confusión, había algo que estaba brutalmente claro: no podía quedarse allí.

Aún temblorosa, se cambió y preparó rápidamente el equipaje, incluyendo los libros y el portátil. Cuando terminó, salió de sus habitaciones.

Nikos ya no estaba en la biblioteca. Lo encontró fuera, en la terraza. Cuando, al escucharla, se volvió hacia ella, Georgia se obligó a no pensar en nada, a ser nada, a no querer nada. Era exactamente la misma mujer que había sido antes de llegar: una mujer independiente con un propósito muy claro en su vida.

Sobreviviría a aquello.

Había sobrevivido a cosas peores.

–Siéntate, por favor Georgia. Tenemos que hablar –dijo Nikos en un tono muy cercano al ruego.

Georgia apretó los dientes.

–No, Nikos. No voy a sentarme a hablar. Me voy. Adiós.

Nikos no ocultó su conmoción.

–¿Ni siquiera vas a dar una oportunidad a lo que hay entre nosotros?

–No hay un «nosotros», Nikos.

–Claro que lo hay, y hemos invertido demasiado en ello como para dejar que acabe así como así. Necesitamos hablar.

–Pero yo no quiero hablar. Lo que ha sucedido no es lo que yo creía que había sucedido. Tú no eres quien creía que eras.

Nikos permaneció en silencio.

–¿Cómo vas a irte? –preguntó, derrotado–. ¿Adónde irás?

–Me voy a Amorgós en tu barco. Ya pensaré en lo demás cuando esté allí.

–Se está haciendo tarde...

–Tengo tiempo de sobra para llegar si salgo ahora. Voy a bajar al muelle. Haz el favor de avisar a quien tengas que avisar para llevarme.

–No quiero dejarte ir. No voy a permitirte...

–No te queda más remedio, Nikos. No voy a quedarme. Si es necesario me iré nadando a Amorgós. Y te aseguro que no es un farol.

Nikos entrecerró los ojos.

–Ya lo sé. Pero te estás comportando de un modo demasiado impulsivo y dramático, *gynaika mu.*

Georgia se encogió de hombros.

–Me da igual lo que pienses. Y no me llames así. No soy tu mujer. Tan solo soy un vientre de alquiler para que puedas tener un hijo. Nada más y nada menos. Te avisaré cuando dé a luz. Por ahora eso es todo lo que necesitas saber.

Tras decir aquello, Georgia abandonó la terraza, bajó las escaleras y salió de la casa, ansiosa por alejarse lo más rápidamente posible, de Nikos, el único hombre al que había amado verdaderamente en su vida.

Capítulo 12

UNA VEZ en Amorgós, Georgia encontró un pequeño hotel en donde alojarse. Planeaba quedarse allí una sola noche, con intención de tomar al día siguiente el ferry a Santorini, pero resultó que el ferry solo hacía dos viajes a la semana y aún faltaban dos días para el siguiente. Aquello significaba que iba a tener que pasar dos noches más en el hotel. Desalentada ante la noticia, trató de concentrarse en sus estudios mientras esperaba y se esforzó por comer adecuadamente a pesar de no sentir ningún apetito.

La tercera noche, cuando ya solo quedaban unas horas para que pudiera tomar el ferry que la llevaría a Santorini, despertó a causa del dolor que le produjo una intensa contracción. Estaba en la semana número treinta y tres de embarazo y sabía que el parto era posible, pero estaba muy lejos de casa, y en Amorgós tan solo había una clínica.

Necesitaba llegar a un hospital como fuera. Necesitaba ayuda.

Se levantó y empezó a vestirse, pero una nueva contracción la obligó a apoyarse contra la pared para evitar caerse al suelo. Logró salir al pasillo, pero no pudo dar un paso más. Las contracciones eran cada vez más frecuentes. El bebé estaba llegando, y temió lo peor. Necesitaba ayuda desesperadamente. Necesitaba desesperadamente a Nikos.

Georgia abrió los ojos. Una intensa luz brillaba ante ella y escuchó un murmullo de voces a su alrededor. Alguien con el rostro enmascarado se inclinó hacia ella y dijo algo en griego. No entendió nada y cerró los ojos.

Un momento después oyó que alguien hablaba en inglés. Era Nikos. Estaba diciéndole algo a alguien sobre el bebé. Reconoció la voz de la otra persona. Era un hombre... ¿el señor Laurent?

Trató de abrir los ojos para preguntar por el bebé, pero no logró hacerlo. O tal vez los tenía abiertos y no podía ver...

Cuando volvió a abrirlos comprobó que veía. La habitación estaba a oscuras pero bajo la puerta entraba un rayo de luz. Sintió que no estaba sola. Al volver la cabeza vio a Nikos sentado en una silla, junto a la cama. La observaba con una intensidad que hizo que el corazón le latiera más deprisa.

–¿El bebé? –susurró.

–Está bien. Eres tú la que nos tenía preocupados.

–Quiero ver al bebé.

–No tardarás en verlo. Creo que los médicos quieren examinarte antes.

–¿Está bien de verdad?

–Ha nacido un poco antes de tiempo, pero por lo demás está perfecto.

Georgia examinó el rostro de Nikos, tratando de discernir lo que no le estaba contando.

–Antes te he escuchado hablar en inglés. Habría jurado que estabas hablando con el señor Laurent. ¿Está aquí?

–Sí.

–¿Por qué?

–He cambiado algunos detalles en los documentos que firmamos. Te he concedido la custodia completa de nuestro hijo.

Sorprendida, Georgia trató de erguirse en la cama.

–¿Qué?

–Shhh. Túmbate. No conviene que te excites –Nikos la empujó con delicadeza por un hombro para que permaneciera tumbada–. Eres su madre, y la madre debe tener el control.

–¿Pero por qué la custodia completa? ¿Por qué no la custodia compartida?

–El señor Laurent me ha preguntado lo mismo, pero la custodia compartida te habría obligado a consultarme todas las decisiones que quisieras tomar. Si las cosas fueran bien entre nosotros no habría ningún problema, pero ya que no es así, lo único que conseguiríamos con una custodia compartida sería alimentar el resentimiento y el enfado entre nosotros.

Georgia seguía sin comprender.

–Pero no era esto lo que querías, Nikos. No era esto lo planeado.

–El bebé necesita una madre. Te necesita a ti.

–También necesita un padre. Y tú eres su padre.

–Tengo intención de serlo. Tengo intención de estar muy presente en su vida, pero serás tú la que decida cómo vamos a hacerlo.

–¡Pero yo nunca he querido ser una madre soltera, Nikos! ¡Ese no era el plan!

–Sé que aún te quedan varios exámenes y las prácticas de residente para obtener tu título...

–¿Y cómo voy a lograrlo en estas circunstancias?

–Yo te ayudaré.

–¿Cómo?

–No pienso alejarme de ti ni vivir lejos de mi hijo. Además de ayudar económicamente, pienso estar cerca. Yo también iré a los Estados Unidos.

–¿Vas a ir a Atlanta? –preguntó Georgia, anonadada.

–Lo haré si es allí donde vais a estar tú y mi hijo.

Georgia abrió la boca para decir algo, pero volvió a cerrarla.

Nikos se levantó.

–Voy a ver si consigo que alguien te traiga al bebé. Ya es hora de que conozcas a tu hijo.

Georgia pudo ver por fin a su hijo. Era pequeño, pero por lo demás estaba en perfecto estado. No pudo estar con él mucho rato antes de que volvieran a llevárselo a la unidad neonatal, donde lo mantenían a la temperatura necesaria y bajo atenta supervisión.

Después volvió a quedarse dormida y, cuando abrió los ojos, ya era de día.

Estaba pensando en todo lo sucedido aquellos últimos días cuando vio que se abría la puerta de su habitación.

–¿Es esta la habitación de Georgia Nielsen?

Georgia abrió los ojos de par en par al ver quién estaba entrando.

–¡Savannah!

Savannah sonrió de oreja a oreja mientras cerraba la puerta sus espaldas.

–¿Estás en condiciones de recibir una visita?

–¡Claro que sí! ¿Qué haces aquí, hermanita?

Savannah corrió junto a su hermana mayor para abrazarla.

–¡Cuánto te echaba de menos!

–Y yo a ti –dijo Georgia, encantada–. ¿Cuándo has llegado? ¿Y cómo has venido?

Savannah se sentó en el borde de la cama.

–Nikos me hizo venir en su avión junto con el señor Laurent. El abogado es un pez frío, pero Nikos es encantador. ¿Pero cómo te sientes tú? ¿Estás mejor?

–Estoy bien. Un poco cansada y dolida, pero eso pasará enseguida –Georgia tomó entre las suyas una mano de su hermana–. ¿Entonces has conocido a Nikos?

–Y al bebé. Es delicioso. Ambos son deliciosos. Espero que pienses quedártelo.

–¿Al bebé?

–No. A Nikos. Ya sé que vas a quedarte con el bebé. En ningún momento pensé que fueras a ser capaz de renunciar a él. Pero Nikos... Parece un hombre un tanto complicado, pero a ti siempre te han gustado los retos.

–Es algo más que complicado. Es un desastre. Me eligió como madre de alquiler porque soy prácticamente idéntica a su esposa fallecida.

–Ya me he enterado de todo eso, y he visto las fotos. El señor Laurent tenía copia de varios artículos en los que se publicó la noticia de la trágica muerte de la mujer de Nikos. Pero ella tampoco ayudó nada quedándose embarazada de otro hombre para luego tratar de chantajear a Nikos.

Georgia creyó que no había entendido lo que había dicho su hermana No era posible.

–¿Qué? ¿Qué acabas de decir?

–Por lo que he deducido esa mujer nunca amó a Nikos. Solo se casó con él por su dinero. Ella y su amigo griego, un pescador que vivía en la isla más cercana a la de Nikos, lo planearon todo desde el principio. Se casaría con Nikos, lo acusaría de maltrato y se divorciaría de él sacando una buena tajada. Cuando Nikos se negó a concederle el divorcio, ella le confesó que estaba embarazada de otro hombre. Pero, en lugar de reaccionar como esperaba, Nikos le dijo que estaba dispuesto a ocuparse de ella y del bebé. Ella no quería criar a su bebé con Nikos. Ni siquiera quería volver con el pescador. Lo único que quería era regresar a su casa en Oslo –Savannah alzó los hombros y volvió a dejarlos caer con un suspiro–. Es una historia horrible, una locura, y entiendo que Nikos quisiera tener un hijo a través de una madre de alquiler. Yo tampoco habría querido otra relación después de una experiencia como esa. ¿Y tú?

–Yo me enamoré de él. Y creía que él también se había enamorado de mí –dijo Georgia con tristeza, aún anonadada por lo que acababa de escuchar.

–Yo creo que te quiere. Estoy segura.

–¿Por qué piensas eso?

–Me ha traído hasta aquí para verte y te ha concedido la custodia del bebé, lo que tiene que significar que se fía de ti y te respeta... y te cree.

Georgia suspiró profundamente.

–La verdad es que me duele mucho la cabeza y no sé con exactitud lo que siento.

–¿Respecto a Nikos?

–Sé que lo quiero, pero no estoy segura de que pueda funcionar una relación entre nosotros.

–No tienes por qué tener esa certeza hoy mismo, ¿no te parece?. Tal vez necesitáis ir paso a paso hasta que sepáis exactamente lo que queréis. No creo que sea bueno tomar decisiones precipitadas –Savannah alzó una mano para acariciar con ternura la mejilla de su hermana y luego se levantó–. Voy a ver a mi sobrino y a preguntar cuándo van a volver a traértelo. Entretanto, te diré que hay un tipo muy grande y fuerte ahí fuera caminando de un lado a otro como un tigre enjaulado. ¿Le hago pasar o lo dejo suelto?

Georgia rio.

–Hazle pasar. No queremos que asuste a todo el hospital.

Cuando Nikos entró, la intensa mirada de sus ojos negros hizo que los latidos del corazón de Georgia arreciara y que se le secara repentinamente la boca.

–¿Por qué me miras así?

–¿Cómo te estoy mirando?

–Como si fuera algo maravilloso, como si no hubieras visto nunca nada igual en tu vida.

–Y así es –dijo Nikos mientras se acercaba a la cama y se inclinaba para retirar un mechón de pelo rubio de la frente de Georgia–. Y también te miro así porque cuando me dejaste la semana pasada pensé que no volvería a verte, y sin embargo aquí estás, y aquí está nuestro hijo, y lo único que sé es que no puedo soportar la idea de perderos, aunque tampoco quiero que te sientas atrapada conmigo por las circunstancias. Me niego a utilizar a nuestro hijo para conservarte a mi lado.

–¿Por eso me has concedido la custodia? ¿No querías que me sintiera presionada para estar contigo?

–Nada deseo más que estar contigo y que criemos juntos a nuestro hijo, pero tú también tienes que quererlo. No quiero que seas mi prisionera. Eres una mujer preciosa, fuerte, inteligente y te amo con todo mi corazón.

–¿Incluso aunque eso implique tener que irte a vivir a Atlanta?

–Por supuesto. De hecho, ya estoy buscando una casa.

–¿Lo dices en serio? ¿De verdad estarías dispuesto a ir a Atlanta y a ayudarme a cuidar de nuestro hijo?

–Desde luego. Eres mi mujer, mi amor, y espero que algún día quieras convertirte en mi esposa.

Georgia sentía que la cabeza le estaba dando vueltas. Apenas podía asimilar todo lo que estaba escuchando.

–¿De verdad estás buscando una casa en Atlanta?

Nikos asintió.

–Ya he encontrado un par de sitios interesantes. He pensado que podemos ir a echarles un vistazo en cuanto tú y el bebé estéis en condiciones de viajar. Puede que pasen un par de semanas.

–Me parece un plan muy interesante –dijo Georgia, despacio–. Pero son demasiadas cosas a la vez. Tú, yo, el bebé... –se interrumpió y frunció el ceño–. Supongo que también tendremos que decidir pronto cómo lo vamos a llamar...

Nikos rio y el sonido de su risa fue como música a oídos de Georgia, que sonrió emocionada. Nunca le había oído reír de aquel modo, y le pareció el sonido más bonito y reconfortante del mundo.

De pronto comenzó a llorar y Nikos pasó de inmediato un brazo por sus hombros.

–¿Qué pasa, cariño? ¿Estás bien?

Georgia asintió.

–Todo es tan repentino, tan sorprendente... Y supongo que las hormonas...

–Llora todo lo que quieras. Seguro que eso te ayuda a sentirte mejor.

–Lo dudo –fijo Georgia mientras se frotaba las lágrimas de las mejillas–. Y ahora, ¿por qué no vas por nuestro hijo? Tengo la sensación de que le gustaría estar presente en un momento tan importante de su vida.

Epílogo

GEORGIA debería haberse sentido estresada. Tenía un bebé de cuatro meses y estaba esperando los resultados de los exámenes que había hecho hacía tres semanas. Tendría los resultados el miércoles cercano, pero no estaba preocupada.

Muy al contrario, se sentía totalmente en calma y ridículamente feliz.

Amaba tanto a Alek Panos que su corazón se henchía solo con pensarlo, pero lo que le daba aún más alegría era ver a Nikos y a Alek juntos. Nikos había pasado muchas noches paseando de un lado a otro de la habitación con su hijo en brazos, o acunándolo sentado en la mecedora del dormitorio.

Al día siguiente iban a bautizarlo y después habían organizado una pequeña celebración. Savannah estaría allí, por supuesto, pues iba a ser la madrina de Alek, y también acudirían varios amigos de la facultad de Georgia, además del señor Laurent y su esposa, que habían acabado por convertirse en verdaderos amigos de la familia.

La vida era un regalo, pensó Georgia mientras palmeaba la espalda del pequeño Alek, que se había quedado dormido mientras lo amamantaba.

Cuando se abrió la puerta de la habitación para dar paso a Nikos, sonrió. El mero hecho de verlo le hacía sentirse muy feliz.

–Hola –susurró.

–¿Está dormido? –preguntó Nikos en voz baja.

Georgia asintió.

–Creo que ha comido suficiente como para que pueda echarse una larga siesta.

–¿Lo dejo en la cuna?

–Me gusta tenerlo en brazos –dijo Georgia antes de inclinarse para besar la cabecita de su hijo–. ¿Va todo bien?

Nikos ocupó el asiento que había junto al de ella.

–Solo faltan unos días para que te den los resultados de los exámenes.

–Lo sé.

–¿Estás nerviosa?

–La verdad es que me siento en un estado bastante zen –dijo Georgia con una sonrisa–. Que sea lo que tenga que ser. Me siento feliz. Quiero a Alek, te quiero a ti. Aunque no lo supiera, eso era todo lo que podía desear. Aprobar los exámenes solo sería la guinda del pastel.

–Si apruebas tendrás muchas opciones. Podrás hacer las prácticas en el hospital del tu elección.

Georgia asintió.

–He revisado varios de los programas de prácticas y hay lugares muy buenos, Nikos, pero creo que mi primera elección sería volver a Grecia.

–¿Hay algún programa en Atenas? –preguntó Nikos, extrañado.

Georgia dudó.

–Creo que me gustaría volver a Kamari. Podría dedicarme a ser madre durante un par de años y después plantearme qué hacer. Cuando esté lista.

Creía que Nikos se alegraría al escuchar aquella propuesta, pero, en lugar de sonreír, la miró con expresión preocupada.

–¿Puedes dejar tus estudios ahora y retomarlos más adelante?

–Sí. No perderé lo que he hecho hasta ahora por dejarlo una temporada. Siempre puedo volver cuando Alek sea un poco más mayor. Pero nunca podría recuperar estos años con él, ni contigo. Porque, como ya sabes, *agapo mu*, te adoro.

La emoción hizo que la mirada de Nikos se oscureciera.

–¿Ahora hablas griego?

–Solo algunas frases –Georgia sonrió y alargó una mano para atraer el rostro de Nikos hacia el suyo y besarlo–. *S'agapo*. Te quiero.

Aún se estaban besando cuando volvió a abrirse la puerta. Era Savannah.

–Creo que necesitáis un poco de intimidad –susurró, sonriente–. De hecho, estoy segura de ello. No os preocupéis por nada. Yo me quedo con el bebé.

Ni Georgia ni Nikos necesitaron de más persuasión.

En cuanto Georgia dejó a Alek en la cama, Nikos la tomó de la mano y la condujo al dormitorio. Nada más cerrar la puerta a sus espaldas, tomó a Georgia por la cintura para hacerle sentir su ya poderosa erección.

Georgia se estremeció de anticipación.

–Menos mal que a mi hermana le encanta ocuparse de su sobrino. Y además siempre llega en el momento adecuado.

–Desde luego –dijo Nikos antes de inclinarse para mordisquear el lóbulo de la oreja de Georgia–. De hecho, viene de hacerme un recado –añadió, y se apartó para sacar algo de su bolsillo.

Georgia vio que se trataba de una cajita negra. Cuando la abrió y se la mostró, contempló en su interior un precioso anillo con un diamante en el centro rodeado de otros pequeños diamantes. Apenas se había dado cuenta de que Nikos acababa de arrodillarse ante ella cuando le oyó decir:

–Cásate conmigo, *agapi mu*.

Georgia no necesitó pensárselo ni un segundo.

–Sí, sí, Nikos. Claro que sí.

Nikos se puso en pie de inmediato para besarla, y el anillo quedó momentáneamente olvidado sobre la mesilla de noche.

–Me encantaría celebrar la ceremonia en Kamari –dijo Georgia un buen rato después, aún jadeante, acunada entre los brazos de Nikos.

–Por supuesto –contestó él, encantado.

–Y también me gustaría criar a nuestro hijo allí. Quiero que Alek crezca como un griego. Quiero que conozca sus orígenes. Es tu hijo y...

–Es nuestro hijo –corrigió Nikos.

–Sí, pero es un Panos, y necesita tener cerca el mar, mucho sol, y mucho espacio. Y yo también.

–No tienes por qué hacer esto por mí, *agapi mu*.

–Lo sé. Pero lo hago por motivos egoístas –Georgia trató de sonreír, pero estaba tan emocionada que le costó lograrlo–. Quiero estar contigo, que criemos a nuestro hijo juntos, que podamos ofrecerle juntos todo nuestro amor.

Nikos la besó con ternura.

–Tu amor me deja sin aliento –dijo con voz ronca–. Para mí eres el sol, la luna y las estrellas, y agradezco a Dios a diario haberte conocido.

Los ojos de Georgia se llenaron de lágrimas.

–¿Lo dices de verdad?

–Claro que lo digo de verdad. Y siempre agradeceré con todo mi corazón que me ames.

Georgia parpadeó para alejar las lágrimas.

–He domado a la bestia que nunca fuiste.

–Desde luego, *yineka mu*. Has domado a la bestia que sí fui y me has convertido en un gatito.

Georgia rio.

–Yo no diría tanto. Sigues siendo difícil de manejar. Pero no pasa nada. Estoy dispuesta a enfrentarme al reto.

–Bien. Me gustan las mujeres fuertes –Nikos volvió a besarla en los labios–. O puede que solo seas tú. Porque te amo y sé que siempre te amaré.

Traiciones y secretos

Sarah M. Anderson

Byron Beaumont había intentado olvidar a Leona Harper. Pero ni viviendo en el extranjero había conseguido borrar los recuerdos de su relación ni de su traición. La familia de ella llevaba años tratando de destruir a la suya y, a pesar de que Byron había confiado en ella y le había hecho el amor, Leona le había ocultado su identidad. Pero ahora que estaba de vuelta y era su jefe, quería respuestas.

Pero le esperaba otra sorpresa: Leona había tenido un hijo suyo. Byron estaba dispuesto a cuidar de su familia, aunque eso significara pasar día y noche deseando a la mujer que no podía tener.

Sus familias los habían separado.
¿Podría su hijo volver a unirlos?

¡YA EN TU PUNTO DE VENTA!